JN061081

マドンナメイト文庫

女子校生刑事潜入！ 学園の秘密調教部屋

美里 ユウキ

目次

contents

女子校生刑事潜入！　学園の秘密調教部屋

第一章　ＪＫ売春潜入捜査

1

「転校生を紹介します」

二年Ａ組の担任である皆川里央《みながわりお》が、クラスの生徒たちに向かってそう言った。そして、美桜《みお》を見やる。

「白石《しらいし》美桜です。よろしくお願いします」

美桜は教壇の上で頭をさげる。すると、漆黒のストレートの髪がさらりと胸もとに流れる。

さっき着替えたばかりのＭ女学園の制服の深紅のネクタイに、さらさらの髪が触れる。

よろしくお願いします、と三十人の女子高生たちも応える。

美桜は顔をあげ、教室を見まわす。

美形ぞろいだ。M女学園はお嬢様学校で名が通っていたが、美形ばかりだというのもよく知られていた。

もちろん、入学試験はある。かなり偏差値は高い。それでいて美形ばかりなのだ。そもそも、美形しか受験しないという噂もあった。

さっと見わたすと、ひとり視線が泳いだ女子がいた。そこに視線を集中させると、その女子はうつむいてしまった。

「白石さんは、窓ぎわのそこの席に座ってください」

里央が言う。この担任教師の皆川里央も美貌だ。女優にしてもいいくらいだ。

二十分ほど前、美桜は里央の前で下着姿になっていた。

美桜が白の下着かどうか確認するためだ。

M女学園の生徒はみな、ブラもパンティも白しかつけない、という噂が流れていたが、それが本当だったことを、美桜は身をもって知らされた。

――しかも、パンティはTバックらしいです。

警視庁捜査零課の田所《たどころ》が自慢げに言っていた。

——お嬢様学校に、Tバックはないだろ。

零課の課長の等々力《とどろき》がそう否定していたのだが、童貞くんの情報網が当たっていたようだ。さすが警部補でありつつ、三十もすぎて伊達に童貞ではない。

そう、美桜は今、M女学園の清楚な夏服の下には、白のブラと白のTバックのパンティを身につけていた。

美桜だけではなく、このクラスの女子みんなが、同じブラと同じTバックを身につけているはずだ。もしかして、里央先生もTバックかもしれない。

——白石さん、黒はいけません。M女学園の生徒に、黒は似合いません。

里央の前で制服を脱いだとき、美桜はそう言われた。ブラもパンティも黒を身につけていたからだ。

——私には、白は似合いません。

——そんなことはないわ。むしろ、白がよく似合うはずよ。

美桜は武道に秀でているが、見た目は清楚系お嬢様だ。

警視庁捜査零課の刑事なのに、清楚な女子高生にしか見えない。

だから、潜入捜査に指名された。いや、そもそも女子高に潜入させるために、高卒で警察官採用試験に受かった美桜を、警察学校を終えたあと、すぐさま特殊カリキュラムを三カ月にわたって受けさせたのだ。

カリキュラムが終わると、美桜はいきなり刑事部捜査零課に配属された。

新人で刑事部の捜査官である。異例中の異例だったが、零課である。

警視庁刑事部には捜査一課から三課まである。零課などない。美桜も配属されるまでは知らなかった。いや、そもそも警視庁の人間でもほとんどの者が知らないはずだ。

美桜は空いている窓ぎわの席についた。その隣が、さっき視線をそらした女子だった。

「よろしくね」

美桜が声をかけると、

「笹岡友理奈《ささおかゆりな》です」

その女子が名乗る。美桜と同じ、漆黒のストレートヘアが似合っている。可憐な蕾といった感じだ。童貞刑事の田所が好きそうなタイプだ。

とても売春しているようには見えない。まだ売り出される前か。

そもそも、売春とはまったく関係ないかもしれない。

ブラウスの胸もとを見る。高く張っている。売りに出されている女子生徒は、みな巨乳で色白清楚系だと聞いていた。

それに笹岡友理奈はぴったり合う。なにより、美桜のまっすぐな視線から瞳をそらしたのだ。後ろめたいものを秘めているはずだ。

美桜は警察官になってまだ一年とちょっとしか経《た》っていない。だから、瞳がピュアだった。正義感に満ちあふれていた。課長の等々力のような濁った目とは違う。

そんなピュアな目で見つめられると、後ろめたいことのある女子高生は反応してしまうのだ。反応してしまうところが、すれていないとも言えて、そこがまた、売春お嬢様ＪＫとしては価値があるのだろう。

後ろめたさを微塵も感じさせないような女子高生なら、逆に価値はないだろう。

ここが難しいところだ。プロではだめなのだ。女はアマチュアが受ける。

ホームルームを終えても、誰も美桜のまわりには来なかった。みんな静かに予習か読書をしている。携帯電話を取り出す女子はひとりもいない。そもそも校内で携帯電話は禁止されていた。

校内に入るときに、それぞれのロッカーに入れて、帰るとき、取り出すようになっていた。

読書している女子高生を、美桜は生まれてはじめて見た。

背筋をぴんと伸ばし、読書している女性は美しい。私も明日から本を持ってこよう、と思ったが、なにを読んでいいのかさっぱりわからない。田所警部補に聞いてみよう。

一時限目が担任の里央先生の英語、そして二時限目が国語の授業だった。どちらもかなりレベルの高い授業で、名門の名に恥じなかった。美桜もきちんと授業についていけていた。何度か指名されたが、難なく答えることができた。

M女学園への転校は普通の入学より難しい。頭も必要だが、コネも必要だった。そこは海千山千の等々力課長がうまくやってくれた。まあ、それが課長の仕事だが。

三時限目は体育の授業だった。

二時限目が終わると、クラスメイトたちはみな、いっせいに制服を脱ぎはじめた。次々と、白のブラとTバックパンティだけの女子高生たちがあらわれる。等々力課長や田所警部補に見せてやりたい、と思った。きっと、鼻血を出すだろう。

美桜も胸もとの深紅のネクタイを解《ほど》き、白の半袖ブラウスを頭から抜いていく。ブラに包まれた乳房があらわになったとたん、美桜は視線を感じた。

まわりを見るが、誰も美桜を見ていない。みな、それぞれ着替えに集中していた。

でも、視線を感じた。

まさか、盗撮!?

ＪＫ売春の噂がある女子高なのだ。むしろ、盗撮はありえるだろう。

教室の中を見まわしたかったが、いきなり盗撮に気づくのは疑われると思い、美桜はスカートを脱いでいく。

すると、今度はＴバックからはみ出ているヒップに、射るような視線を感じた。これは女子の視線ではない。男の目だ。

間違いなく、見られている。

美桜は支給された体操着を袋から出して驚いた。ノースリーブだったのだ。しかも、ひとサイズ下のようで、ぴたっと上半身に貼りつくタイプだった。これでは運動しずらい。

ショートパンツを出してさらに驚いた。ブルマだったのだ。

絶滅したはずのブルマが、お嬢様女子高でひっそりと生きていたとは。このことは、田所警部補も知らないはずだ。事前に聞いていない。田所が知っていたら、まっ先にブルマのことは話していたはずだ。

ほかの女子を見て目を見張る。ぷりっとしたヒップが次々と目に飛びこんできたのだ。

美桜は自分のブルマを見る。かなりのハイレグ。そして、バックは半分ほどの布しかなかった。これではTバックでないと、パンティがはみ出してしまう。そのためのTバックパンティ着用なのか。

体操服に着替えた女子たちが次々と教室を出ていく。

「白石さん、はやく。遅れたら、理事長に叱られます」

友理奈がドアの前でそう言う。

「理事長？」

「体育は理事長が教えてくださるの」

はやく、と言って、友理奈がこちらに背を向け、廊下に出ていく。

すらりとした足とぷりっと張ったヒップが、とても美しかった。でも、蒼さを感じた。きっと処女だ。いや、間違いなく処女だと思った。

美桜も急いでブルマに足を通した。

股間に、ヒップにブルマがぴたっと貼りつる。

「ああ、エッチすぎる……」

股間はかなりのハイレグ。ヒップは半分露出している。なにより、ぴたっと感が半端ない。

美桜はふうっと息を吐くと、教室を出た。

2

三時限目始業のチャイムが鳴ったが、美桜はまだ渡り廊下を歩いていた。

M女学園では校内で走るのは厳禁だ。それを守り、美桜ははや歩きで体育館に向かう。そう、今日は晴天だったが、体育の授業はグラウンドではなく体育館で行われる。

そもそもM女学園には、屋内プールはあったが、グラウンドがなかった。

――もちろん、女子生徒が日焼けをいやがるからだよ。

田所警部補がそう言っていて、冗談かと思ったが、色白清楚な女子ばかり見ていると、本当に日焼け防止のために、体育館か屋内プールでしか体育の授業は行われないのかもしれない、と思った。

体育館の扉を開くと、ノースリーブのカットソーに黒のブルマ姿の女子高生たちが三十人、ずらりと整列していた。

そしてその前に、M女学園の理事長である中尾剛造《なかおごうぞう》が立っていた。スーツ姿が異様だ。その斜め後ろに、ジャージ姿の女性教師が立っていた。おそらく、体育教師だろう。ショートカットが似合う美人だ。

「誰だ」

中尾が遅れて入ってきた美桜をぎろりとにらんだ。

「白石ですっ。すみませんっ」

美桜はあわてて整列に加わろうとする。

「待てっ。なにをしているっ」

「整列しようと思って……」

「遅れてきて、授業に参加できると思っているのか、白石くん」

「えっ……」

美桜は最前列に立つ友理奈を見やる。友理奈は自分が怒られたみたいに、愛らしい顔を強張らせている。

「床掃除だ。授業中、ずっと床を拭いているんだ」

中尾が言った。

中尾は六十すぎの、恰幅のいい男だった。教育者というより、やり手の社長のような雰囲気だ。中尾は創立者の父から十年前にM女学園を受け継いでいた。それまでは実際、建設会社の社長をしていた。今は、中尾の息子がそこの社長を継いでいる。

教育には興味がなく、ビジネスの世界で成功していたが、なぜか十年前、亡くなった父親から理事長職を引き継いでいた。

——おそらく、新しい理事長の中尾がＪＫ売春の首謀者だ。

等々力が言っていた。

美桜も中尾を見て、そうかもしれない、いや、そうだろう、と思った。

美桜のブルマ姿を見る目が、まったく教育者のものではなく、夜の街でキャバクラ嬢を値踏みするような目つきなのだ。

自分のところの女子を生徒ではなく、ひとつの商品としてしか見ていないような目だった。

「では、準備体操をはじめます」

中尾の背後に立っていたショートカットの美人が前に出てきた。そして、中尾の前でジャージの上を脱いでいく。

白のタンクトップだった。生地が薄く、ノーブラなのがはっきりわかった。

体育教師にしてはかなりの巨乳で、女から見てもドキンとするようなノーブラの胸だった。乳首のぽつぽつが浮き出ている。

体育教師がジャージの下を脱ぐ。下はショートパンツだった。裾がかなり大胆に切りつめられていて、ぷりっとした尻たぼが半分近くはみ出ていた。

異様な光景だった。

お嬢様学校の体育館にいる三十二人の女子みんなが、尻たぼをあらわにさせているのだ。男は理事長だけ。しかも、体育教師はノーブラなのだ。

「では、伸びをして」

体育教師がしなやかな両腕を万歳するようにあげていく。

ノーブラの胸もとが強調される。

だが、中尾はそんな女教師は見ていない。三十人ずらりと並ぶ女子生徒を見ている。

女子たちもみな、両腕をあげて伸びをしている。こちらもぴたっとノースリーブのカットソーが貼りつき、胸もとが強調される。

ノーブラではないが、高く張った胸がずらりと並ぶ。

みな清楚系のお嬢様ゆえに、蒼いエロチシズムを感じる。

「白石さん、あなたもやって」

体育教師が声をかけてくる。

はい、と美桜は列からはずれた位置で両腕をあげていく。すると、中尾が美桜をぎろりと見てきた。

見られた瞬間、ふと裸を見られているような錯覚を感じ、いやっ、と声をあげて、両腕をおろして胸もとを抱いてしまう。

「どうした、白石くん」

「すみません……」

美桜が胸もとを抱いても、誰も変な目で見なかった。みな、一度は美桜のような経験をしているのだろう。いや、今この瞬間も理事長に見られて、羞恥の中にいるのかもしれない。

美桜はすぐに両腕をあげていく。すると、腋の下に中尾の視線を感じる。たまらなく恥ずかしい。変な汗をかいてしまう。それまでも見られている気がして、ますます身体が熱くなる。

「腰に手を当てて、上体を後ろに反らして」

と言って、体育教師がぐっと背中を反らしていく。ノーブラの胸もとだけが突きあげられるかっこうになる。乳首がさらにとがっているのがはっきりわかる。

感じているのだろうか。どうして感じるのか……。

女子たちもみな、背中を反らしていく。いっせいに、お嬢様ＪＫの胸もとが突きあげられていく。

それを中尾が満足そうな目で見ている。

「白石くん、なにをしている」

すみませんっ、と美桜もあわてて上体を反らしていく。

「じゃあ、四つん這いになって」

と言って、体育教師が床に四つん這いになる。それを見て、女子たちも四つん這いになる。頭を理事長に向けるのではなく、ヒップを理事長に向けるかたちで四つん這いになっていた。

ずらりと白い尻たぼが並ぶ。

女の美桜から見ても、ドキリとする眺めだ。

「ヒップをあげて」

と言って、体育教師がショートパンツに包まれたヒップをぐっとさしあげていく。

剥き出しの尻たぼに、えくぼが刻まれる。

三十人の女子たちも、いっせいにヒップをさしあげていく。

「白石さんっ」

四つん這いになったまま、体育教師が美桜に声をかけてくる。はいっ、と美桜もあわてて四つん這いになる。

「もっとケツをあげないかっ」

ぱしっと尻たぼを張る音がして、すみませんっ、という悲鳴のような声が聞こえる。

「笹岡くんっ、何度言ったらわかるんだっ」

そう言って、真後ろでしゃがんだ中尾が、ぱしぱしと友理奈の尻たぼを平手で張っている。ぱしっ、と音がするたびに、ごめんなさいっ、と友理奈が謝る。

雪のように白い尻たぼに、瞬く間に理事長の手形が浮きあがる。

そんな友理奈を見ていると、中尾がこちらをぎろりと見て立ちあがった。美桜の背後にしゃがむなり、ぱんっ、と尻たぼを張ってきた。

思わず、ひいっ、と甲高い声をあげてしまう。他人にお尻をじかに張られるなんて生まれてはじめてのことだ。警察学校でも、尻を張られたことなどない。

まさかお嬢様学校に潜入して、お尻のじか張りを受けるとは。

「膝を伸ばすんだ、白石くんっ」

そう言って、さらにぱんぱんっと美桜の尻たぼを張ってくる。

お尻をぶつなんて暴力ですっ、と訴える心の余裕さえなかった。ひたすら、尻たぼを張られつづける。

「もっと、膝を伸ばしてっ」

「はいっ。ごめんなさいっ」

美桜も友理奈同様、謝っていた。そして、そんな自分にちょっと驚く。

「まずはリボンをやります」

体育教師がそう言うと、ふたりの女子が列から離れ、体育館の隅へと走る。そして箱を持って、戻ってくる。

女子たちがリボンを手にして振ると、リボンがきれいに舞いあがる。

上手、と美桜は感心して見つめる。

「白石さんは、バケツに水を汲んできて」

体育教師が美桜に目を向け、そう言う。はい、と美桜は体育館から出た。すぐそばに洗い場があり、そこにバケツと雑巾があった。水を汲み、体育館に戻ると、女子たちがリボンを舞いあがらせつつ、体育館の中を走っていた。

女子たちはみなスタイルがよく、ハイレグのブルマからすらりとした足を見せつけている。

たいていの女子が漆黒のロングヘアをポニーテールに結っていて、その尻尾《しっぽ》が弾んでいる。

美しい、と美桜は見惚《みと》れる。すると、その視界に理事長が入ってきた。

「なに、ぼおっとしている。床を拭くんだ、白石くん」

はい、と返事をして、雑巾を水に浸け、ぎゅっと絞ると膝をついて、体育館の床を端から拭きはじめる。

「そうじゃないだろう。四つん這いになって、ケツをあげて、這いながら拭いていくんだよ」

「すみません……」

中尾が四つん這いになった美桜の背後に立った。ほらっ、とまたも、ぱしっと尻たぼを張られる。

「ううっ……」

屈辱をぐっと噛みしめる。クラスメイトが華麗にリボンを舞わせているそばで、美桜だけが床に這いつくばって、理事長に剝き出しの尻たぼを張られている。

いつもの美桜なら、こんな屈辱には耐えきれず、相手を鋭い眼差しでにらみつけているはずだ。だが、そんなまねはできない。美桜もお嬢様なのだ。

転校初日から、理事長に疑われるわけにはいかない。

「もっと、ケツをあげてっ」

さらにぱんぱんっと張られる。すると、

「あんっ」

甘い声をあげていた。美桜はそんな自分の声に驚いた。

その声を聞いた中尾が張るのをやめて、そろりと尻たぼを撫でてきた。やめてください、と反発できない。そうしたらいけない、というよりも反発の声が出なかった。

美桜は四つん這いで、理事長のセクハラ紛いの尻たぼ撫でに甘んじていた。

リボンを使った運動が終わると、ボールを使った運動がはじまった。

ふたてに分かれた女子たちがボールを相手に投げて、一回転する。そして、戻ってきたボールを受け取る。

ひとりの女子がボールを受けそこねた。四つん這いで床を拭きつづけている美桜の前にころがってくる。

美桜はそれを拾い、駆け寄ってきた女子にわたそうとした。

ありがとう、と伸ばされた右手の手首にとてもうっすらと、なにかで拘束した痕がついていることに美桜は気づいた。

美桜はボールをわたしつつ、女子の顔を見あげた。きりっとした目が印象的な美形の女子だった。漆黒の髪をアップにまとめ、それが似合う細面の美人だった。

その女子としばし目を合わせた。

「ありがとう」

もう一度言い、女子が美桜の目から視線をそらし、戻っていった。

美桜はぷりぷりとうねる尻たぼを見つめ、処女だろうけど、なにか違う、と感じた。

なにより、拘束の痕が気になった。

3

「ほう、白石美桜が、まる出しのケツを張られながらの床掃除か」

これはいい、と等々力が笑う。田所もにやにやしている。

美桜は課長と田所を美しい黒目でにらみつけ、

「ふたり、怪しい女子を見つけました」

と、報告を続ける。

「ひとりは笹岡友理奈、もうひとりは尾崎麗《おざきれい》といいます」

尾崎麗は、手首になんらかで拘束された痕をつけた女子だった。友理奈に名を聞いた。

ここは錦糸町《きんしちょう》の雑居ビルの五階の一室だった。警視庁刑事部零課のオフィスである。

ふだんは霞《かすみ》が関《せき》の警視庁に通っているが、潜入捜査がはじまると、この錦糸町のオフィスが前線となっていた。

美桜はM女学園のある青山《あおやま》から地下鉄の駅に向かい、そこで私服に着替えて、半蔵《はんぞう》門線《もんせん》で錦糸町まで来ていた。私服はお嬢様JKにはまったく見えないストリートファッションだった。

初夏の陽気の今日は、タンクトップにショートパンツスタイルだった。それにキャップをかぶっている。

誰がどう見ても、M女学園に通う女子生徒とは思わないだろう。

タンクトップにショートパンツでオフィスにあらわれた美桜を見て、等々力も田所もにやにやしている。今も報告を聞きつつ、等々力の目は高く張った胸もとに、田所の目はショーパンから伸びているすらりとしたナマ足に向いていた。

田所がパソコンのキーをたたくと、壁ぎわの大きなディスプレイに笹岡友理奈と尾崎麗の写真が映し出された。M女学園の名簿の写真だ。

「どっちもいいなあ。どちらか選べと言われたら、俺は麗ちゃんかな」

と、等々力が言う。なにが麗ちゃんだ。おまえの給料じゃ、麗ちゃんと会話すら無理だ、と美桜は課長をにらみつける。

美桜ににらまれることに慣れている等々力は、まったく意に介さない。

「僕はやっぱり、友理奈ちゃんですね。しかし、この子たちが本当にＪＫ売春しているんですかね」

「してはいないだろう。する前だな。調教中だ」

超高級ＪＫ売春が都内で行われているという情報をつかんできたのは等々力だ。

ただ現役女子高生を買い手にわたすだけではなく、どんな責めにも応じられて、しかも買い手が喜ぶような反応を見せるように調教させたＪＫだけを売りに出しているらしい。

それでいて、処女。処女なのに、全身性感帯。マゾ牝の反応を見せるように調教されているらしい。

しかも、お嬢様学校として名高い、Ｍ女学園限定ということだった。

当然、値はかなり張る。ひと晩で二、三百万らしい。

「まあ、麗ちゃんだったら、二百万出してもいいな。まあ、出さないが」

「そうですね。僕も友理奈ちゃんだったら、貯金をくずしても惜しくはないです」

田所が美桜のナマ足を見ながらそう言う。

「でも、最初の客はそんな端金《はしたがね》じゃないんでしょう」

美桜が言う。

「まあな。処女膜が五百万らしい。だから最初の客は、七百万か八百万となるな」

「さすがに、無理ですね」

と、田所が言う。おまえは端《はな》から無理なんだよ、と美桜は田所をにらみつける。

すると、目が合った。さらに強くにらむが、にらまれ慣れている田所は、うれしそうに笑う。

こいつ、マゾか。

「まずは、笹岡友理奈と尾崎麗を探ってみたいと思います」

「そうだな。ちょっと見せてくれないか」

等々力が言う。

「見せる……なにをですか、課長」

「尻だ」

「えっ……」

「理事長に尻を張られて、おまえの尻がどうなっているのか、やはり上司として、把握しておかないといけないだろう」

そうですね、と田所もうなずく。

「把握……」

「そうだ。大事なことだ。本来なら、毎日、処女検査もしなくてはならないところだが、さすがにそれは免除してやっているんだ」

Ｍ女学園に潜入するにあたって、美桜はあろうことか処女検査を受けていた。

ＪＫ売春の証拠をつかむためには、相手の懐に入れなければならない。となると、美桜自身が調教を受ける可能性も高かった。そのとき、美桜が処女でなかったら、調教対象からはずされてしまう。

潜入捜査を成功させるためには、捜査官が処女であることが大切だった。

処女検査は、捜査一課第十二班の女性班長である河合《かわい》凜《りん》が行った。まだ三十半ばと若くして、捜査一課の班長になった美形の警部だ。

美桜は凜の前でパンティを脱ぎ、あそこを見せた。

凜はまったく表情を変えず、美桜の割れ目を開き、のぞきこむと、

――膜ありっ。

と告げた。そして、処女である、という証明書に判を押したのだ。

いわば美桜は、警察が処女であると保証している女であった。

「さあ、尻を見せてくれ。見せやすいかっこうをしているだろう」

ショーパン姿の部下を上から下まで見つめつつ、等々力がそう言う。

完全なセクハラである。だが美桜はうなずき、ショートパンツのフロントボタンに手をかける。

潜入捜査の報告には、美桜自身が今、どういう状態にあるかも報告することが義務づけられていた。囮捜査でもあるからだ。

美桜はフロントのジッパーをさげていく。すると、白のパンティがあらわれる。

「それは、M女学園のパンティか」

等々力が聞く。田所の目は輝いている。

「はい。田所警部補が言うように、白のTバックを支給されました」

そう言って、零課の仲間の前で、ショーパンを思いきって引きさげた。

おうっ、と田所がうなる。

「尻をこちらに」

等々力が言う。美桜はショーパンを膝上まで引きさげた状態で、Tバックのパンティが食いこむヒップを見せた。

「かなり、かわいがられたようだな」

等々力が言う。

「まだ、痕が残っていますか」

「うっすらとだがな。田所、証拠写真を撮っておけ」

等々力が命じる。はいっ、と田所はいちオクターブ高い声で返事をしてカメラを手にすると、シャッターを切る。

「それで、どう感じた」

「えっ……」

「理事長に尻を張られて、どう感じたかと聞いているんだ」

「そ、それは……」

何度か張られていると、美桜は甘い声をあげていた。尻を張られて、あんっ、と甘い声をあげていたのだ。

報告すべきだろう。屈辱だけではないものを感じたことを。それが一番大事なことだ。でも、言えない。理事長に尻を張られて、甘い声をあげましたなんて課長にも言えない。

「どうした。正直に報告するんだ。これは大事なことなんだぞ、白石巡査」

「屈辱を感じました」

そう答えた。本当のことだ。最初は屈辱を感じたのだ。うそは報告していない。

「それで？」

等々力が聞いてくる。

「それで、と言いますと……」

「屈辱を感じたあとも、何度もケツを張られているんだろう」

「はい。張られました……」

「そうで、どう感じた」

「どうって……屈辱だけです」

「それだけか」

そう言って、等々力が正面にまわってきた。じっと、美桜を見つめてくる。さっきまでの単なるエロおやじの目とは違っていた。

美桜は思わず、視線をそらしていた。はじめて目を合わせたときの、笹岡友理奈と同じ態度を取ってしまっていた。

だが、等々力はなにも言わなかった。それだけか、ともう一度聞いてきた。

「はい。それだけです」

「そうか。わかった」

等々力が、ショーパン、穿いていいぞ、と言った。

美桜はさっとではなく、ゆっくりとショートパンツを引きあげていた。

「次も、体育の授業は遅刻しろ」

等々力が言った。

「えっ……そうしたらまた、床掃除です……」

そう答えた美桜の声がかすれていた。また床掃除ではなく、また尻を張られるからだ。

「これは命令だ。いいな」

「は、はい……」

美桜の返事が甘くかすれていた。

4

翌日——六時限目までみっちり勉強が続いた。さすがお嬢様学校でありながら、名門の誉れ高い進学校だと思った。

成績優秀で警察官採用試験に受かった美桜でも、ついていくのが精いっぱいだった。

ずっと高度な授業だけを受けていると、この学舎でＪＫ売春の調教が行われているとはとても思えなかった。ただ、五時限目から、隣の友理奈の表情が強張りはじめるのを感じていた。

尾崎麗は離れた席にいるため表情はわからなかったが、友理奈はあきらかに授業に集中できていないようだった。六時限目になると、愛らしい顔がまっ青になっていた。

放課後、調教があるのでは、と美桜は感じた。

六時限目が終わると、掃除の時間となる。女子たちは夏服の上から、みなエプロンを身につける。

そしてある女子は拭き掃除を、ある女子は掃き掃除をはじめる。

美形のお嬢様たちが制服の上から白いエプロンをつけて黙々と掃除に耽《ふけ》る姿を、ぜひとも田所に見せてやりたいと思った。きっと、鼻血を出すだろう。

美桜は机を拭きつつ、友理奈と麗の様子をうかがう。友理奈はまっ青な顔で床を掃いていた。麗は窓を拭いていたが、その手が震えていた。

ほかの女子たちはふだんと変わらない。ただ、みな無言だった。これから友理奈と麗が調教を受けることを知っているのでは、と思わせる雰囲気だった。

掃除が終わると、一日が終わる。

放課後のクラブ活動は任意だった。まっすぐ帰宅する女子たちと美術室や音楽室、そして体育館や室内プールに向かう女子たちに別れる。半々くらいだ。

友理奈が鞄を手に、教室を出ようとする。

「笹岡さんは帰宅部なのかな」

美桜が声をかけた。すると、ひいっと声をあげ、身をすくませた。

「どうしたの」

「ううん。なんでもないわ」

顔をのぞきこむと、友理奈は視線をそらす。

「帰宅部なら、いっしょに帰ろうよ」

「いや……ちょっと……理事長室に用事があって」

「理事長に？」

「ええ……」

そう言って、友理奈は教室を出る。

「中尾理事長、なんか怖いよね」

美桜は隣を歩く。

「そうかしら……」

友理奈の横顔が引きつっている。

「理事長にどんな用事があるの」

「指名を受けた生徒が……理事長室の掃除をするの……」

「へえ、そうなんだ」

「名誉なことなの……」

先を麗が歩いている。

「もしかして、尾崎さんも指名を受けているの？」

そう聞くと、どうして知っているのっ、と友理奈が驚いた声をあげる。

その声が廊下に響き、麗が振り返った。麗の美貌もまっ青だ。

「ふたり、指名を受けているんだね」

「そ、そう……」

「私も指名、受けてみたいな」

「だめっ、絶対だめっ」

友理奈だけでなく、前を歩く麗も叫んだ。

「どうしたの。だって、名誉なことなんでしょう」

「そ、そうだけど……ああ、先行くね……」

友理奈が足早に理事長室へと向かう。麗と並ぶと、どちらからともなく手をつないでいった。その手が震えていた。

二年A組がある第二校舎を降りて、渡り廊下を歩き、第一校舎に入る。その一番奥に理事長室があった。友理奈と麗は理事長室の前に立つと、ずっとついてきている美桜を見た。

かぶりを振り、そして友理奈が理事長室のドアをノックした。

返事があったのか、麗がノブをつかみ、ドアを開いた。また、ふたりが美桜を見た。だめ、と唇を動かし、そして中に入っていった。

美桜はすぐに理事長室に迫った。ドアに耳を押し当てる。ドアはかなり重厚で、なにも聞こえなかった。

5

「二年A組の尾崎麗です」

「二年A組の笹岡友理奈です」

お掃除に参りました、ふたり声をそろえてそう言うと、デスクに座り、執務をしている理事長に向かって頭をさげる。

すると、漆黒のストレートの髪がさらりと胸もとに流れていく。ふたりとも、黒のロングだった。

「うむ」

中尾は書類に目を通しつつ、一度もこちらを見ずにうなずく。

麗が友理奈を見た。うなずき合うと、胸もとのネクタイを緩めていく。ネクタイを取り、夏服のブラウスを頭から抜いていく。

上半身ブラだけになり、紺のスカートを脱ぐ。白のハイレグTバックのパンティが貼りつく股間があらわれる。

友理奈はM女学園に入るまで、Tバックのパンティなどつけたことがなかった。大人になってもつけることはないだろう、と思っていたが、担任教師から、これを身につけなさい、とTバックのパンティをわたされたときには心底驚いた。

お嬢様学校で有名な女子高で、下着チェックされたうえに、Tバックを穿くように指示されたのだ。

ブラとパンティだけになると、その上からエプロンをつける。さっき、掃除の時間につけていたエプロンとは違って、シースルーになっていた。

それをつけて、あらためて深紅のネクタイをつける。

「用意ができました」

ふたりそろって理事長に声をかける。そこではじめて、中尾が顔をあげた。ぎろり、と見つめてくる。

ひいっ、と思わず友理奈は息を呑む。この中尾のまったく教育者に見えない鋭い眼差しに慣れることがない。いつも見られるだけで、身体が竦《すく》んでしまう。

「エプロン、似合うぞ」

中尾が言った。

「あ、ありがとうございます……」

礼を言って、麗がはたき掃除、友理奈は拭き掃除をはじめる。

雑巾で床を拭く友理奈の手が震えている。正面に本棚が見える。壁一面のとてもりっぱな本棚だ。教育書や西洋文学の本がずらりと並んでいる。

だが、これは飾りだ。一度も読まれた形跡がない。

掃除の時間は十分ほどだ。すぐに終わりが来る。いや、はじまりが来る。

「お掃除、終わりました」

ふたり並んで中尾にそう報告する。

「そうか」

うなずいた中尾がデスクの一番上の引き出しを開き、中にあるボタンを押した。

すると、天井まであるりっぱな本棚が真ん中から開きはじめた。

はじめて見たときは、心底驚いた。もう見慣れている光景だったが、それでも目を見張る。本棚の奥に、天井から垂れている四本の鎖が見える。

それを目にしただけで、さらに身体が震えてくる。

ちらりと麗を見ると、違っていた。さっきまで震えていた手が止まり、鎖をじっと見つめていた。

麗……うそ……。

このところ、麗の反応が変になっていた。

中尾がふたりの前に立つ。じっと、麗と友理奈を見つめてくる。そして麗のあごを摘まむと、のぞきこむ。

「いい目をしているぞ、麗」

「ありがとうございます」

麗の声が甘くかすれている。両手を拘束する鎖を目にしてから、あきらかに麗の反応に変化が出ていた。友理奈のほうは、さらに身体を震わせているというのに。

中尾が友理奈のあごを摘まんだ。ぐっと顔を寄せてくる。あぶらぎった、とても教育者とは思えない顔だ。

恐怖しか感じない。

中尾は友理奈に対してはなにも言わず、あごから手を引いた。

「よし。じゃあ、脱いでいいぞ」

中尾が言う。はい、と麗はエプロンを取り、ブラをはずす。すると、豊満な乳房があらわれる。

麗はかなりの巨乳だった。友理奈自身も高校に入ってから急にバストが大きくなってきて、通学途中で異性の視線が気になっていたのだが、麗の乳房は友理奈よりさらに大きかった。

たぶん、Fカップはあるような気がする。しかも、はじめて調教室で目にしたときより、さらにひとまわり成長しているように見える。

麗は中腰になり、パンティもさげていく。

淡い陰りと、すうっと通った割れ目がのぞき、友理奈は視線をそらす。

「笹岡くん、きみはいつも遅いな」

「すみませんっ……」

友理奈もエプロンを取り、両手を背中にまわし、ブラのホックをはずす。

ブラカップが押されるようにしてまくれる。すると、乳房がすべてあらわれる。中尾の視線が注がれる。

この瞬間が一番恥ずかしく、一番屈辱を覚えた。

ＪＫ売春婦として売られるために調教を受けているんだな、と実感する。

「乳首、勃《た》ってきているな、笹岡」

「えっ」

自分の乳房を思わず見る。いつもは埋《うず》まっている乳首が、確かにわずかに芽吹いていた。

「いいことだ。少しは勃たせたほうが、より魅力的に見えるからな」

中尾がじっと友理奈の乳首を見つめてくる。

「あ、ああ……」

ブラカップで隠したい。それをぐっとこらえてストラップをずらしていき、ブラをはずした。

「はやく、脱ぐんだ。麗が待ちくたびれているぞ」

「すみません……」

友理奈はちらりと麗を見た。深紅のネクタイと紺のハイソックスに上履き姿の麗は、友理奈ではなく、じっと揺れる鎖を見つめている。

鎖の揺れで催眠術でもかけられているようだ。

実際かけられているのではないのか……今、友理奈は鎖の揺れを見ても恐怖しか覚えないが、私もそのうち麗のようになるのではないのか……むしろ、麗のようになったほうが楽なんじゃないのか……。

「笹岡くんっ、退学するかね」

「いいえっ」

友理奈は叫び、あわててパンティを脱ぐ。退学だけはいやだ。せっかく入学できた名門女子校なのだ。屈辱にまみれても、退学だけはしたくない。

パンティをさげると、剝き出しの割れ目に痛いほど理事長の視線を感じる。

友理奈はパイパンだった。まだうぶ毛さえ恥部に生えていない。でも、腋の下にはうぶ毛が生えて、それは処理していた。

友理奈の穴という穴をすべて検査している中尾に言われて、お尻の穴にもうぶ毛が生えていたことを知らされた。それは、用務員の蛭田《ひるた》の手によって処理されている。

上履きを脱ぎ、Tバックのパンティを足首から抜き、再び上履きを履く。

「では、処女検査をはじめる」

そう言って、中尾はまず麗の前にしゃがむ。

すると麗が自らの指を割れ目に持っていき、自らの意志で開いていく。

理事長の前に、麗のすべてがあらわになる。

りっぱな教育者であるべき男が、自分の女子校の生徒の一番秘められた部分を検査している。

「膜あり。穢れなし」

中尾が言い、ありがとうございます、と麗が答える。その声がねっとりと甘い。

なんて声で、お礼を言っているの、麗、と友理奈は横顔を見やるが、麗の視線は揺れる鎖にしかない。

中尾が友理奈の前に移動してきた。鼻息を剝き出しの割れ目に感じる。

友理奈も麗にならって右手の指を割れ目に添えていく。

指が震える。自分の意志で割れ目を開くことがなかなかできない。それが普通だと思う。こんな状況自体、普通に生きていれば経験することはないだろう。

異常なのだ。異常な世界に足を踏み入れたのだ。学費全額免除という、それだけのために……。

中尾は黙ったまま、友理奈が自分で花唇をくつろげるのを待っている。

麗もじっと待っている。

友理奈は全額免除になったことを喜んだ父や母のことを思い、割れ目をくつろげていく。

膜に、中尾の視線を感じる。友理奈をこの場に立たせている処女膜に。

「膜ありっ」

中尾が言う。ほっとする。異性とはキスさえしたことがないから、処女だと自分でわかっていても、膜あり、と言われるとほっとする。

本棚の奥になんて行きたくないのに、奥に行ける資格がある、と安堵する。

「もっと、開いて」

はいっ、と閉じかけていた割れ目をぐっと開く。

中尾が顔をさらに寄せてくる。処女膜に息を感じる。それだけで、大切な処女膜が穢されていくようで心配になる。穢れていたら、だめなのだ。

「穢れなしっ」

中尾が宣言する。

「あ、ありがとうございます……」

友理奈は心から礼を言う。

6

友理奈は数カ月前までは、M女学園の女子生徒にふさわしいお嬢様だった。

だが、父の経営する会社が手形の不渡りを出し、あっという間に、M女学園の学費にも困ることになった。どこから困っていることを聞きつけたのか、友理奈は理事長室に呼ばれ、

「特待生にしてあげよう」

と言われた。

二年生から三年生まで成績が落ちなければ、全額免除してあげよう、と提案してきた。

友理奈は成績優秀ではあったが、特待生になるほどではなかった。名門ゆえにみな勉強ができるから、ハイレベルの争いなのだ。

「制服代、修学旅行代も免除しよう」

「理事長……」

なにかあるのだと思った。友理奈も子供ではない。でも、理事長が友理奈の身体を

欲しがっているとは思えなかった。教育者のような目をしてはいないが、それでもM女学園の理事長なのだ。

教育者として尊敬されている男なのだ。自分の学校の生徒の身体を欲しがるなんてありえないと思った。

それは当たっていた。だが、現実は友理奈の予想をはるかに超えていた。

「特待生やいろんなことを免除するには、ひとつだけ確かめておきたいことがあるんだ」

中尾は言った。

「なんでしょうか」

声が震えていた。

「処女じゃないと特待生にはなれないんだ」

中尾が言った。聞き間違いだと思った。M女学園の理事長室で耳にするような類《たぐい》の言葉ではなかったからだ。

「えっ……」

聞き返していた。

「笹岡くんは処女かな」

「は、はい……」

「確かめていいかな」

「確かめる……」

理事長が言っている意味がわからなかった。友理奈は混乱していた。変な汗をかいていた。

「処女じゃないと、だめなんだよ。あと、身体も見たいな」

「か、身体……」

理事長が抱くのではなく、ほかの男に抱かれるのだと思った。相手は処女でないとだめなのだろう。

「もちろん、断っていいんだよ。無理強いするつもりはないからね」

断ったら、M女学園を退学しなければならないのはあきらかだった。

友理奈はM女学園が好きだし、誇りに思っていた。それは両親も同じだ。でも父の事業の失敗のせいで、M女学園の生徒ではなくなってしまう。

そのことは、なにより父が悲しむだろう、と思った。

「お、お調べに……なってください」

友理奈は言っていた。

「じゃあ、下着を脱いで、スカートをまくるんだ」

中尾が言った。友理奈は気を失いそうになるくらい緊張していたが、理事長はふだんと変わらなかった。きっと私だけじゃないんだ、こんなことははじめてじゃないんだ、と思った。

ということは、クラスメイトにも理事長の前であそこをさらし、処女膜を調べられた女子がいるということになる。クラスメイトではなくても、ほかのクラスにはいることになる。

「なにをしている。私は忙しいんだよ。君のために使える時間はあまりないんだ」

「すみませんっ」

友理奈はスカートの中に手を入れていた。パンティをさげようとした手が止まる。理事長を見ると、目が違っていた。ぎらぎらさせた目で、パンティを脱ごうとしている女子生徒を見ていた。

友理奈は逃げたくなった。でも、逃げられなかった。脱ぐしかないのだ。処女膜を検査されるしかないのだ。

パンティをさげていく。入学したとき、支給された白のパンティだ。ハイレグで、しかもTバックであることに驚いた。

でも不思議なもので、毎日穿いて通学していると、Ｔバックは気にならなくなってきた。むしろ、Ｔバックでないとだめだと思うようになって、休みの日でもＴバックのパンティを穿くようになっていた。

スカートから白のパンティがあらわれる。

膝小僧を通し、ふくらはぎを通し、そして上履きを脱ぐと、パンティを足首から抜き取った。

小さくたたみ、床に置こうとする。すると、中尾が手を伸ばしてきた。

「えっ……」

「床に置くなんて、だめだ。私が預かっておこう」

と言って、脱ぎたてのパンティを、中尾が取ってスーツのポケットに入れる。

友理奈は泣きたくなったが、ぐっと我慢してスカートの裾に手をかける。そして、じわじわとたくしあげていく。

太腿があらわになる。

理事長はなぜか体育の時間のときはいつもいて、ブルマ姿を見られていたが、理事長室で太腿をさらすのは、まったく感覚が違っていた。しかも、スカートを自分でたくしあげているのだ。そして今、ノーパンだった。

どうしてこんなことに。ここは性的なことから一番遠い場所ではないのか。太腿のつけ根ぎりぎりまでたくしあげたところで、友理奈の手が止まった。どうしても、あげることができない。

すると、もういい、と中尾が言った。背中を向け、デスクに向かっていく。

「ごめんなさいっ。検査、おねがいしますっ、処女膜を確かめてくださいっ」

理事長の背中に向かってそう叫び、友理奈は制服のスカートを一気にたくしあげた。

中尾が振り向いた。

あらわにさせた教え子の恥部を見つめてくる。

「あ、ああ……」

恥ずかしいなんてものではなかった。剝き出しの股間に焼きごてを押しつけられたような視線の熱を感じていた。消えてしまいたかった。

「パイパンかね」

中尾が言った。はい、と友理奈はうなずく。

中尾がこちらに戻ってきた。剝き出しの割れ目に引かれるように。

そして、友理奈の前でしゃがんだ。割れ目のすぐそばに、理事長のあぶらぎった顔があった。

「開くんだ。開かないと、処女かどうかわからないだろう」

開いたら、地獄が待っていると思った。

でも、友理奈には開くしか、処女膜をさらすしかなかった。

第二章　処女ＪＫの調教部屋

1

処女膜があることを確認された友理奈と麗は本棚の奥に入っていく。

すると、天井から垂れた四本の鎖が迫ってくる。鎖の下は円形の台になっていた。中は意外なほどに広かった。あちこちに姿見が置いてあり、いやでも深紅のネクタイと紺のハイソックス、そして上履きを履いた異様な姿が鏡に映り、友理奈の視界に入ってくる。

深紅のネクタイはＭ女学園の象徴だった。紺のハイソックスには、Ｍ女学園の校章が縫いこまれている。上履きにも校章がついていた。

パンティまで脱ぎながら、ひと目でM女学園の生徒だとわかった。

奥のドアが開いた。そこから、ひとりの男が入ってきた。用務員の蛭田だった。

もう何度もこの場所で蛭田と会っていたが、目にするたびに、友理奈はひいっと息を呑む。

蛭田は四十前後に見えた。いつも陰鬱な表情をしている。死んだような目をしているが、友理奈と麗を調教するときだけ、その目に生気が宿るのだ。

まったく別人のような顔で、友理奈と麗の性感を掘り起こしてくるのだ。

用務員の仕事をする蛭田を見たとき、どうして名門の女子高にそぐわない男がいるのか、と思っていたが、このためにいるのだとこの部屋に来て悟った。

蛭田が作業着のポケットからリモコンを出し、ボタンを押す。すると、ジャラジャラと不気味な音を立てて、鎖がさがってくる。

それを見て、麗が円形の台にあがる。両腕をあげていく。Fカップはある豊満な乳房の底があがる。

鎖の下には革の手錠がついていた。それを蛭田が、麗のほっそりとした手首にはめていく。

すると、あんっ、と麗が甘い声をあげた。宙を見つめる美しい黒目には、絖りのようなものがあった。左右の手首に手錠をはめると、鎖があがっていく。

それにつれて、麗のしなやかな両腕も万歳するようにあがっていく。

一瞬、麗がとてもきれいだと感じた。深紅のネクタイや紺のソックスが、とても似合っていた。いや、なにより手首にはめられた革の手錠が似合っていた。

ばかな……どうしてきれいだなんて思うのだろう。

麗も友理奈も最悪な状況にいるのだ……。

「友理奈、なにしている」

蛭田が言った。地獄の底から湧きあがるような陰にこもった声だった。その声を聞くだけで、身体が震える。

だが、逆に麗の乳首がつんとしこりはじるのがわかった。蛭田の声を聞いて、乳首が勃ったのだ。

麗っ、どうしたのっ。

蛭田が近寄ってきた。逃げる前に、ぱんっと尻たぼを張られた。

「あんっ」

甘い声をあげたのは、麗だった。友理奈はぐっと唇を噛んでいた。麗はクラスメイトが尻を張られる音を聞いて、感じているのだ。

また、蛭田が手をあげた。

「乗りますっ」

友理奈は蛭田の平手から逃げるように、円形の台にあがった。麗の乳房や腋の下が迫る。腋の下はすでに汗ばんでいた。そこから、麗特有の甘い薫りがする。

蛭田がなにより好きな薫りだ。麗の腋の下に三十分ほど顔を埋めていたことがある。その間、友理奈は隣で腋の下をさらしていた。

友理奈の手首に、蛭田が革の手錠をはめる。ほっそりとした手首をじっと見つめてはめていくのだ。その目が不気味な光を宿している。

両手を拘束すると、麗同様、鎖をあげていく。ジャラジャラと音を立てて、鎖があがる。それとともに、友理奈の腕もあがっていく。

いつも、これで相手の思うがままだ、とあきらめる。両手をつながれたら、もう逃げることができない。これから一時間あまり続く調教を受けるしかない。

中尾は真正面の椅子に座っている。理事長室のデスクにあるものと同じ、革製の高級な椅子だ。

中尾は高級な椅子が似合う。やはり、教育者というより経営者だ。ビジネスマンだ。

今も麗と友理奈の裸体を見ていたが、欲情の眼差しだけではなかった。商品としての価値を常に値踏みしていた。

「乳首の勃ち具合がよくなりましたね」

蛭田が言う。その視線の先には、やや芽吹いた友理奈の乳首がある。

これまでは突かれても、舐められても、乳首は乳輪に埋まったままだった。けれど、今日は最初から芽吹きはじめている。

隣の麗を見ると、ツンととがりきっている。友理奈同様、淡いピンクだったが、それが濃くなっていた。

麗と友理奈の間に立った蛭田が、そろりと腋から腰を撫でてくる。右手で麗を、左手で友理奈を。

「あんっ」

麗は甘い声をあげた。友理奈はなにも言わない。

蛭田の右手が麗の乳房に向かう。それだけで、麗が両腕をあげた瑞々《みずみず》しい裸体をぶるっと震わせる。

かなり感度があがっていた。友理奈が調教を受けるようになって二週間がすぎていたが、麗はもうひと月になるらしい。

「いい感じに、仕上がってきたな」

中尾が言う。

「はい。もう、いつでも出せる状態になってきていますね」

「そうか」

「はい。この目を見てください。手錠をかけられただけで、いや、理事長室から鎖を見ただけで、目をとろんとさせています。処女マゾに仕上がってきています」

処女マゾ……いやだ。私はそんな女になんかになりたくない。でも、ここでは処女マゾだけに価値があるのだ。

いっそ処女でなくなれば、こんな調教を受けずに済む。でも、M女学園を追われることになる。それもいやだ。

蛭田の指先が、麗の乳首に触れた。

「あんっ……」

それだけで、麗が反応を見せる。

蛭田がとがりきった乳首を摘まむ。そして、軽くひねる。

「あう、うう……はあっ、あんっ……」

「麗……」

乳首をひねられたら痛いはずだ。実際、友理奈は痛い。あんなエッチな声なんて出ない。出せない。でも、出るような処女マゾにならないといけないのだ。そうなることをここでは望まれているのだ。

蛭田が麗の乳首をひねりつつ、左手を友理奈の乳首に向けてくる。

「い、いや……」

友理奈は麗と違って、思わず逃げようと裸体をくねらせる。

もちろん両腕を拘束されているため、逃げることはできない。蛭田の指先が乳首に到達する。ちょんと触れてくる。

「うう……」

なにも感じなかったはずの乳首に、せつない疼きを覚えた。

蛭田はすぐに触れるのをやめて、乳輪をなぞりはじめる。友理奈の微妙な変化に即対応したように見えた。

その間も、麗の乳首はひねりつづけている。

「ああ、はあっんっ、あんっ」

調教室で、麗の甘い喘ぎ声だけが流れている。

蛭田がふいに、友理奈の腋の下に顔を埋めてきた。ぺろりと舐めあげてくる。

「ああ……」

友理奈はかすれた吐息を洩らしていた。わずかな吐息だったが、腋を舐められて洩らすこと自体はじめてだった。

蛭田は腋の下を舐めつつ、乳首のまわりを指先でなぞりつづける。

「乳首、勃ってきたな」

中尾が言い、見ると、いつの間にか麗のようにツンとしたとがりを見せていた。これには友理奈自身、驚いた。そもそも、こんなに勃っている自分の乳首を見ること自体はじめてだった。

蛭田が友理奈の腋の下から顔をあげた。そしてすぐさま、汗ばんでいる麗の腋の下に顔を埋めていく。と同時に、ぎゅっと乳首をひねる。

「ああっ、いいいっ」

麗が愉悦の声をあげて、両腕をあげている裸体をぶるぶると震わせた。

「麗……うそ……」

胸もとで深紅のネクタイが揺れている。

「いい顔だ、麗。そそるな。処女のくせして、誘うじゃないか」

中尾が椅子に座ったまま、足を組み替える。興奮しているのだ。落ち着かなくなっているのだ。

「あ、ああ、ああっ……いい、いい……」

麗の声が調教室をピンクにそめていく。

麗はどんな理由でここにいるのだろうか。お互い、理由は聞いていない。そもそも調教室の話などしない。

調教室で顔を合わせるようになってからは、教室では一度も会話をしていない。目すら合わせていなかった。

「濡れ具合を見てみよう」

中尾が言い、中尾自ら麗の足下にしゃがんでいく。そして、ぴっちりと閉じている花唇をなぞる。

「あっ……理事長っ……」

それだけで、麗が敏感な反応を見せる。麗は処女だ。処女でも、あんなに感じるようになるんだ……私も麗のような身体になるのか……いやだ……好きな人の愛撫で、感じるようになりたい……用務員の手で感度があがっていくなんて、みじめすぎる。

中尾が割れ目を開いていく。ほう、と感嘆の声をあげる。

「どうですか」

「いい具合に濡れている。処女膜がきらきら光っているぞ。処女膜が濡れて光るのが、この世で一番きれいだのう」

中尾がじっと麗の処女膜を見つめている。

「あ、ああ……恥ずかしいです。理事長……ああ、ああ、見ないでください」

「こんなきれいなものを割れ目の奥に隠し持っているなんて、やっぱり女の身体はすごいな」

そうですね、と言って、蛭田が友理奈の乳首をちょんと突いてきた。

いきなり快美な電気が走り、友理奈は、あんっ、と甘い声をあげていた。

蛭田が乳房に顔を埋め、乳首を吸いはじめる。

「あっ、ああ……ああ……」

一度、甘い声をあげてしまうと止まらなくなる。

どうして、どうして感じるの……私の乳首は素敵な男性が舐めるはずだったの……

素敵な男性にかわいがってもらうはずだったの……どうして、こんなヒルのような男に、大切な乳首を……ああ、感じてはだめ……感じるということは、ヒルを認めることなの……ああ、そんなのいや……。

「はあっ、あんっ、や、やんっ」

隣で麗が甘い声をあげて、下半身をうねらせている。

見ると、理事長が麗の股間にあぶらぎった顔を埋めていた。うんうん、うなって、麗の処女膜を舐めている。そこの蜜を啜《すす》っている。

2

蛭田が乳房から顔をあげた。死んだような目が、不気味な光を宿している。口が歪んでいた。いや、笑っているのだ。

乳首舐めに友理奈が反応をして、それで笑っているのだ。

「ひいっ」

友理奈は叫んでいた。

いやだっ、こんなのいやだっ。

手錠から逃れようと、激しく両腕を振る。だが、ジャラジャラと音がするだけで、なにも好転しない。それどころか、蛭田がもう片方の乳首に吸いついてきた。じゅるっと吸いあげてくる。

「ひいっ、いやいやっ……」

友理奈は叫びつづける。深紅のネクタイが乳房の間で揺れている。その横で麗は、あん、やんっ、と甘い声をあげて、汗ばんだ裸体をくねらせている。

「ああ、うまいっ。やっぱり処女の蜜が一番の若返りの素だな」

「うう、うう」

蛭田がうめく。たぶん、そうですね、と言っているのだ。左の乳首を吸いつつ、右の乳首を摘まんでくる。とても優しくころがしてきた。

「はあっ、やんっ」

友理奈の唇から甘い声がこぼれた。

自分の声ではないみたいだ。これは私の声ではない。麗の声だ。

「あ、あんっ、やん、あんっ」

友理奈の唇から、次々と甘い喘ぎ声がこぼれていく。

「あ、ああっ、理事長っ……ああ、理事長っ」

隣でもジャラジャラと鎖が鳴っている。だが、同じ音でも友理奈が出す音とは違う。

麗は感じてしまって鎖を鳴らしているのだ。

「友理奈も濡らしているかもしれません」

乳房から顔をあげ、蛭田がそう言う。そうだな、と麗の恥部から顔をあげた中尾が、隣の友理奈の前に移動する。

理事長の顔が割れ目に迫る。

「あ、ああ……理事長……」

すでに処女膜検査で中を見られていたが、なんか今見られるのは、もっと恥ずかしい。濡らしているなんてありえないと思うが、万が一、こんな悲惨な状況で濡らしていたら、最悪だった。

「おう、なんか薫ってくるぞ、友理奈」

「理事長……いけません……ああ、どうかおゆるしください」

「なにをゆるせというんだね」

中尾が割れ目に触れる。それだけで、割れ目の奥がざわつく。どういうことだ。

中尾が割れ目をくつろげる。剝き出しにされた処女の膜に視線を感じる。

「はあっ、ああ……」

「ほう、しっとりと濡らしているぞ。さすがだな、蛭田くん」

「ありがとうございます」

蛭田が礼を言う。

「いい匂いがしてくる。ああ、たまらんなあ」

大きくひろげた割れ目の前で、理事長が鼻をくんくんさせて、女子生徒の処女の花びらからの匂いを嗅いでいる。

「ああ、理事長……おゆるしください……」

悪いのは理事長のほうなのに、友理奈がゆるしを求めてしまう。

中尾があぶらぎった顔を友理奈の股間に埋めてきた。鼻を処女膜に感じる。

「いやっ、こんなのいやっ」

友理奈は叫ぶ。叫びながら、腰を引こうとする。だが、中尾ががっちりとヒップを押さえ、さらにぐりぐりと鼻を押しつけてくる。

「いやいやっ、ゆるしてっ、友理奈をゆるしてくださいっ」

友理奈は必死にゆるしを求める。中尾が悪いのに、友理奈が悪い子でこんな罰を受けているような錯覚を感じる。

隣の麗を見た。友理奈が叫んでいるのに、まったくこちらを見ていない。惚けたような顔で、宙を見つめている。

「麗っ、ああ、麗っ、助けてっ」

クラスメイトに助けを求める。まったく無駄だとわかっていても、助けを求めずにはいられない。

麗がこちらを見た。その目は潤んでいた。涙ではない。被虐の潤みだ。

「麗っ」

「友理奈、大丈夫だから」

麗が言う。

「大丈夫って……なにがっ」

「処女のままだから、理事長のおち×ぽや蛭田さんのおち×ぽが入ってくることはないから」

麗がそう言う。確かに、処女膜は守られるだろう。でも、それは高値で売るためなのだ。

中尾の舌が入ってきた。いやっ、と叫ぶが、ぞろりと処女膜を舐められる。

「あ、ああ……あああ……」

震えが止まらなくなる。もちろん、恐怖の震えだ。でも、それだけではない気がする。なんの震えなのか、友理奈自身わからなくなる。

ぞろりぞろりと、中尾の舌が這う。

「ああ、うまいぞ。麗の処女蜜の味とはまた違うな。蛭田くんも、味わうといい」

やっと理事長が顔を引いたかと思ったら、今度は用務員がしゃがんでくる。

「いやいやっ」

蛭田は女子生徒たちの間では評判が悪かった。いつも死んだような目をしていることが一番の理由だったが、じっと見てくるのだ。

女子生徒たちの顔を見るのではなく、制服の胸もとやスカートからのぞくふくらはぎを瞬きせずに、見つめてくるのだ。

だから校内で蛭田を見かけたら、女子たちは自然と早歩きになっていた。

蛭田が割れ目を開いた。

「いやいやっ、見ないでっ、見ないでくださいっ」

中尾に見られるより、もっと恥辱を覚える。蛭田になんか、大切な花びらを見られたくはない。

蛭田がくんくんと鼻を鳴らす。

「ああ、いい薫りです。ああ、ち×ぽが勃ってきました」

「ほう、そうか」

今勃ってきたということは、今までは勃っていなかったのか。

蛭田も鼻を押しつけてきた。

「いやっ」

友理奈は絶叫する。鼻を押しつけられた処女膜が突き破られるような錯覚を感じる。

破られたくないっ。蛭田の鼻なんかで。

「大丈夫だから。ずっと処女のままだから」

麗が言う。なんの慰めにもなっていない。麗は確かに処女だったが、すでに全身性感帯になっている。処女なのに、腋の下で濡らすなんて、そんな身体になんかなりたくない。

「ああ、たまりませんっ」

蛭田がうんうんうなりながら、鼻をこすりつけてくる。

「ああ、びんびんですっ、理事長っ」

蛭田が言う。

「ほう、そうか。今日は、蛭田くんのち×ぽでフェラをさせるか」

中尾がそう言うと、ずっと惚けたような顔でいた麗が、ひいっ、と声をあげた。

「どうした、麗。蛭田くんのち×ぽには奉仕したくないのか」

「い、いいえ……ご、ご奉仕したいです」

麗はすでに、中尾のペニスを何度もしゃぶらされていた。友理奈はまだ、フェラ調教は受けていない。

勃起させた中尾のち×ぽは、グロテスク以外のなにものでもない。あんなものを口にしたら、すぐに吐きそうだと思っていた。しかも、先端から不気味な白い汁がにじんでくるのだ。

フェラしつつ、それもきれいに舐め取らなければならない。白い汁を舐めるとき、いつも麗の美貌が強張っていた。

「蛭田くん、ち×ぽを出してみろ」

中尾が言う。はい、と返事をした蛭田が作業着のズボンをさげていく。ブリーフといっしょにさげたため、すぐにペニスがあらわれた。

3

「いやっ」

麗が叫んだ。友理奈は目にしていなかったが、麗の叫びを耳にして、思わず蛭田の股間に目を向けた。

恐ろしく大きなものが、蛭田の股間から生えていた。一瞬、それが勃起させたペニスだとわからなかった。すでに中尾の勃起させたペニスを見ていたが、グロテスクさでは蛭田のものが圧倒していた。

なにより、先端が異様に張っていた。握りこぶしが、ペニスの先端についている感じだ。そのペニスの胴体には、静脈が瘤のように浮きあがっている。

蛭田のペニスを目にすると、中尾のペニスはグロテスクでもなんでもないと思えてしまう。

「すごいな、蛭田くん」

「すみません……」

「童貞だというのは本当のようだな」

童貞……蛭田は童貞なのか……まあ、蛭田とつきあうような女性はこの世にはいないかもしれない。でも、女性の経験はあると思っていた。乳首のいじりかたが絶妙だったからだ。女を知っている男の指の動きだと思っていたが、違っていたのか。

「私のような男でも、何度か素人女とヤレるチャンスはあったんです。ただ、このち×ぽを見て、女たちはおま×こが壊れるって逃げるんです」

「まあな。壊れるかもな」

「だから、まだ入れたことがないんです。フェラもろくにやってもらったことがありません」

「そうか。じゃあ、本格的なフェラ、初体験というわけか」

「はい」

「尾崎麗のような美少女で初フェラなんて贅沢じゃないか」

「ありがとうございます。すべて理事長のおかげです」

蛭田はペニスを露出させたまま、中尾に頭をさげる。中尾は、うむっ、とうなずいている。

「麗の顔をさげるんだ」

中尾が言い、はい、と蛭田がリモコンを押す。すると、麗の両腕を吊りあげていた鎖がさがりはじめる。ふつう、さがるほうがいいはずなのに、麗が、いやっ、と叫び、激しくかぶりを振る。

「従順な牝になりつつあると思っていたが、蛭田のち×ぽを見たくらいでいやがるとは、まだまだのようだな」

中尾が言う。

「理事長っ、理事長のおち×ぽをっ、ご奉仕させてくださいっ。麗、理事長のおち×ぽをお舐めしたいですっ」

おねがいしますっ、と懸命に訴える麗の上体がさがっていく。すっかり腕はさがり、腋の下は見えなくなった。

「なにをしている。しゃがむんだ」

蛭田が言う。蛭田は小柄で、女子高生の麗と同じ目線だった。

麗は泣きそうな顔で、かぶりを振りつづける。さっきまでの陶酔したような表情はまったく消えていた。

麗がいやがる気持ちは、友理奈には痛いほどわかる。あんな不気味なもの、舐めたくなんかない。お口に咥えたくなんかない。

「処女膜、突き破るぞ」

そう言って、いきなり蛭田が麗の裸体に抱きつき、異様に張った先端を剝き出しの割れ目に押しつけてきた。

「ひいっ」

麗が絶叫する。

「だめだめっ、だめっ。おしゃぶりしますっ。ご奉仕しますっ」

美貌をまっ青にさせつつ、麗が叫ぶ。

冷静に考えれば、蛭田が理事長の前で、麗の処女膜を突き破るなんて考えられない。でも、万が一ということがある。万が一、鎌首が入ったら……麗のあそこは裂けるだろう。なにより、蛭田のち×ぽで女になんかなりたくない。

「誰のち×ぽにご奉仕するんだ、麗」

そう聞きながら、蛭田が先端で処女の花唇をなぞる。

「蛭田さんっ、ああ、蛭田様のおち×ぽにご奉仕させてくださいっ」

誰も様づけしろと強制していないのに、麗は用務員を様づけで呼んでいた。

「いいだろう」

蛭田が麗の背中から手を離す。すると、麗はがくっと膝を折るようにして、しゃがみこんでいった。自らの意志でしゃがんだというより、恐怖がすごすぎて、立っていられなかったのだろう。

豊満な乳房の間で深紅のネクタイが揺れている。

麗の鼻先に鎌首が迫る。

「いやっ」

麗がまっ青なままの美貌をそらす。

「麗……」

友理奈は声をかける。すると、麗が友理奈のほうを仰ぎ見た。

「ああ、友理奈……友理奈、助けて」

「ごめんなさい……助けてあげられない……」

「どうして……ああ、助けてっ、友理奈っ」

麗が立ちあがった。そして、両腕を吊りあげられている友理奈の裸体に抱きついてきた。

「あっ、麗っ」

バストと乳房が重なり合い、麗の美貌が迫ってくる。麗がしっかりと抱きつき、頬を友理奈の頬にこすりつけてくる。

「助けてっ。ああ、しゃぶりたくないよっ。ああ、あんなおち×ぽ、しゃぶったら、麗、穢れるよっ」

「麗……」

「蛭田くん、聞いたか。おまえのち×ぽをしゃぶると、穢れるそうだ」

「まあ、はずれてはいませんが」

どうしても友理奈の視界に、蛭田のペニスが入ってくる。麗に拒まれて小さくなるどころか、さらにたくましく、よりグロテスクになっている気がした。

「これでは、競りに出せないな」

中尾がつぶやく。

セリ……セリってなんだ……セリって、あの競り……。

麗の裸体から甘い薫りが漂ってきている。バストに麗の乳房を感じていることもあったが、友理奈はドキドキしていた。

「すみません。まったくだめですね」

と言いつつ、蛭田が友理奈に抱きついている麗の背後から抱きついていく。鋼《はがね》のペニスを尻の狭間《はざま》で感じたのか、ひいっ、と麗が絶叫し、がくがくと裸体を震わせはじめる。

「助けて、助けて、友理奈っ」

麗がすがるような目を向けてくる。こんな麗をはじめて見た。

「あ、あのっ……」

「なんだ、友理奈」

中尾が聞く。

「わ、私に……ご、ご奉仕させて、く、ください」

と、友理奈は言っていた。

「友理奈……」

麗が驚きの目で、友理奈を見る。

「ほう、そうか」

中尾がうれしそうな声をあげる。

「蛭田くんのそのち×ぽを、舐めたいそうだ」

蛭田が麗の裸体を友理奈から引き剝《は》がす。そして、友理奈の両腕をあげている鎖をさげていく。ジャラジャラと不気味な音とともに、友理奈の腕がさがっていく。

引き剝がされた麗はその場にしゃがみこんだ。

と同時に、友理奈の視界に、蛭田のち×ぽがあらわれる。

「ひいっ」

思わず声をあげ、視線をそらす。

「どうした、友理奈。舐めたいんじゃなかったのか」

「な、舐めたいです……」

友理奈は膝をつく。すると、目の前に握りこぶしのような先端が迫る。

鈴口から白い粘液がにじみはじめた。

あ、あれを、舐めなければならないんだ……そんなこと、私にできるのだろうか。

どう見ても、まずそうだ。中尾のものを舐めている麗を見ているときも、ありえない、と思っていたのだ。ヒルがにじませている汁なんて……絶対、無理……。

「どうした、友理奈。舐めたいんじゃなかったのか」

中尾は友理奈の真横にしゃがみ、グロテスクな鎌首を前にして、処女の裸体を震わせている友理奈をうれしそうに見つめている。

「舐めたいです……」

「じゃあ、舐めろ」

「あ、あの、はじめてで……よくわかりません」

「その汁から舐めろ。我慢汁だ」

「我慢汁……」

我慢しているのか。本当はドビュッと出したいのか。だめだ。今出されたら、顔で受けてしまう。ヒルのザーメンを顔に浴びたら、きっと醜くなってしまう。

いや、いっそ蛭田のザーメンを顔に受けて醜くなったほうがいいのでは……そうすれば、競りに出されることもない……ああ、いやだ。醜くなんかなりたくない。

「だめなようだな。麗、おまえが舐めろ」

中尾が言い、ずっとしゃがんだままの麗の鼻先に、蛭田が鎌首を突きつける。

ひいっ、と息を呑むも、覚悟を決めたのか、麗が瞳を閉じ、異常にふくらんだ先端に唇を寄せていく。

「ああ、麗……」

やめて、と言う声が出ない。やめさせたら、友理奈が舐めなくてはならないのだ。

それは無理だった。

麗の唇が鎌首に触れた。ピンクの舌を出し、我慢汁を舐めはじめる。

「う、ううっ」

うめいたのは、蛭田のほうだった。

麗のピンクの舌が白くそまる。白く汚れる。麗がとてもまずそうな横顔を見せる。

すると、さらに鈴口からあらたな我慢汁が出てくる。今度は大量だった。

それを、麗が舐め取っていく。

「あ、ああ、それ、ああ、それ……」

蛭田が女のような声をあげて、腰をうねらせる。こんな蛭田を見るのは、はじめてだった。

「初フェラ、気持ちよさそうだな、蛭田くん」

「は、はい……ああ、ああ……フェラが……ああ、こんなにいいなんて……」

蛭田が腰をくねらせつづける。と同時に、我慢汁を出しつづける。

「きりがないな。咥えて、吸ってみろ、麗」

中尾が恐ろしいことを言う。握りこぶしのようなものを、麗の小さな口で咥えられるわけがない。

麗は鈴口に唇を押しつけ、ちゅうちゅう吸いはじめる。

「あ、ああ、それ、それ」

吸っても吸っても我慢汁が出てくる。思えば調教中、蛭田が射精したことはない。そもそもペニスを出したのも、友理奈の前でははじめてだった。

麗と友理奈の裸体を愛撫しつつ、ずっと我慢してきたのか。童貞だと言っている。そもそもフェラもはじめてだと。

四十年近く、我慢しつづけたのだろうか。四十年近く我慢した汁を、麗は吸い取っているのか……。

「ああ、ああっ、出そうですっ……」

「顔は汚すなよ。大切な顔だ」

はいっ、と言うなり、だめだっ、と蛭田が横を向いた。そのとたん、先端からザーメンが噴き出した。

「あっ……」

麗と友理奈が同時に声をあげていた。凄まじい勢いでザーメンが噴きあがり、宙を飛んで床に落ちていく。あんなものを真正面から受けたら、そのまま失神していただろう。

射精はすぐに終わらず、どくどくと噴きあげつづけた。ザーメン特有の異臭が、友理奈の鼻孔を襲ってくる。

4

友理奈はつい、顔をしかめていた。

「なんだ、その顔は、友理奈」

中尾がからんでくる。

「すみません……」

「臭うか」

「すみません」

「じゃあ、掃除しろ」

中尾が言う。それを聞いて、射精を終えた蛭田が友理奈の手首から手錠をはずす。

自由になった右腕ですぐに乳房を抱き、左手で剝き出しの股間を隠した。

そうすると、かえって羞恥心が強く湧きあがる。隠すことで、今までずっとなにもかもあらわにさせていたんだ、とあらためて実感するのだ。

「さあ、臭いの元を消すんだ、友理奈」

「あ、あの……なにか拭くものをください」

そう言うと、中尾がばかなと笑う。

「舐めるんだよ。舐め取るんだ。決まっているだろう」

「えっ、な、舐めるって……な、なにをですか」

わかっていても、聞かずにはいられない。

「ザーメンだ。きれいにしてくれ。確かにぷんぷん臭うからな」

すみません、と蛭田が謝る。

「こ、これを、舐めろと……」

「いやか」

「そ、それは……」

「私が、舐めますっ」

麗が叫んだ。それを聞いた蛭田が麗の手首からも革の手錠をはずす。

両手が自由になった麗も、乳房と股間を隠した。そして、円形の台から降りて、床に膝をつく。

「だめっ、私が……」

舐めるから、という声が出てこない。

「いいの、友理奈。大丈夫だから」

麗が笑ってみせる。ぎこちなさすぎて痛々しい。

麗が乳房と股間から手を引き、ザーメンだまりの前に両手をつく。そして、引きつった美貌を寄せていく。

「だ、だめ……舐めたら、穢れるよ……だめ、だめだよっ」

だめ、とは言うものの、では私が、とは動けない。

麗がピンクの舌を出した。舌が震えている。理事長を見ると、ぎらぎらさせた目で、ザーメンだまりに舌を向ける女子生徒を見ている。

なんて男だ。最低きわまりないっ。

麗がザーメンだまりをぺろりと舐めた。

「うっ、うう……」

ひと舐めで、汗ばんだ裸体ががくがくと痙攣する。そんなにまずいのか。

「どうした、麗。蛭田くんが出したザーメンはまずいか」

「い、いいえ……」

「どうなんだ」

「お、おいしいです……」

美貌をしかめたまま、麗がそう言う。そして、またザーメンだまりに舌を向けていく。猫がミルクを舐めるように、ぴちゃぴちゃと音を立てて舐めはじめる。

「ああ、麗……」

蛭田が感嘆の目で、自分が出したザーメンを舐めている美少女を見ている。大量のザーメンを出したはずなのに、勃起はおさまっていない。むしろ、あらたな興奮でたくましくなっていた。

「ああ、麗っ」

もう見ていられなくなり、友理奈も床に膝をつく。そして両手を床につき、四つん這いのかたちを取ると、美貌をザーメンだまりにさげていく。すると、異臭が襲ってくる。不思議なもので、こんな異臭にも慣れてくる。さっきは吐きそうになったが、もう大丈夫だ。

友理奈が美貌をさげると、麗がちらりとこちらを見る。その目がまた潤んでいるのを見て、友理奈はドキンとなった。

まさか……ヒルが出したザーメンを這いつくばって舐めながら、感じているのか。

もう、まずそうな表情を見せていない。むしろ、おいしそうにさえ見える。慣れてきているのか。女はザーメンに慣れるものなのか……。

友理奈も舌を出した。恐るおそる舐めていく。

「うう……」

あまりのまずさに目眩《めまい》を覚えそうになる。

中尾が聞く。

「どうした、友理奈。まずいか」

まずいです、とは言いそうにならない。なぜだろう。まずいのに、まずいと言おうとは思わないのだ。

「どうなんだ」

「お、おいしいです……」

そう答えた声が、甘くかすれていた。ザーメンを舐めていた麗が、友理奈を見る。その目はさらにねっとりと潤んでいた。

もしかして、私も今、麗のような目をしているんじゃないのか。

屈辱きわまりない状況でいながら、まずいと言おうと思わないのだ。まずいと言えば叱られるから言わないのではない。言う気がないのだ。

麗がまた、友理奈を見る。その目が、あなたもおいしく感じているのね、と告げている。

いや、違う。ヒルのザーメンなんておいしくない。まずいと言わないだけだ。

ふたりでぴちゃぴちゃと猫のように舐めていると、ザーメンだまりがなくなった。

わずかなザーメンを求めて、床を舐めていく。すると、麗の舌に触れた。あっ、と友理奈は舌を引いたが、麗のほうからからめてきた。

「えっ……」

気がついたときには、麗と舌をからめていた。麗の舌についたヒルのザーメンはとても甘い味がした。

「よし。じゃあ、次は友理奈。しゃぶってみろ」

中尾が言った。中尾のものをしゃぶるのかと思ったが、中尾はスーツを着たままだった。まさか、と蛭田を見ると、恐ろしいくらいに勃起していた。

「ああ……さっき、たくさん出したのに」

「そうだな。たくさん出したな。だが、まだ出し足りないそうだ。なあ、蛭田くん」

「はい、理事長」

蛭田が四つん這いのままの友理奈の前に立つ。見あげると、よけいたくましく見える。

だが、さっきまで感じた嫌悪感は薄れていた。いや、と顔をそむけていたが、今は見あげたままでいた。

相変わらずグロテスクきわまりなかった。でも、拒むほどではなかった。慣れてきているのか。こんなグロテスクなものにも、女は慣れるのか。それとも、友理奈自身の性癖なのか。

性癖……私がどんな性癖なのか知らない。そもそも考えたこともない。キスの経験もないのだ。

鈴口から我慢の汁が出てきた。

「あっ」

友理奈は反射的に唇を寄せて、ちゅっと吸っていた。

「ああっ、友理奈……」

蛭田が腰を震わせる。常にこの場を支配していた蛭田が女のように腰をくねらせている。

友理奈はそのまま吸いつづける。苦かったが、もうまずいとも思わなくなっていた。

「麗、おまえも舐めてみろ」

中尾が命じる。麗は、はい、と素直に返事をして、蛭田のペニスに美貌を寄せてくる。そして、垂れ袋にちゅっとキスした。

「ああっ、麗……」

とにかく、蛭田はフェラに弱かった。これまでの人生でフェラされたことがないと言っていた。それはそうだろう。こんなグロテスクきわまりないもの、舐める女なんていない。

でも今、友理奈は鈴口を吸っている。麗は垂れ袋を舐めている。口に袋を頬ばりはじめている。

舐める女なんていない、と思いつつも今、友理奈は吸っている。麗も垂れ袋を頬張っている。

「先端を舐めまわすんだ」

中尾が言う。はい、とうなずき、友理奈は言われるまま、ヒルの鎌首を舐めはじめる。

「あ、ああ……あああ……」

また、我慢の汁が出てくる。さっき、たくさん出したのに、まだたまっているのだ。

友理奈は中尾に命じられる前に唇を開くと、自分から咥えていった。

「う、うう……うう……」

あまりに大きすぎて、口がいっぱいになる。息が苦しくなる。でも、なぜか吐き出そうとは思わない。さっきまであんなに嫌悪していたヒルのち×ぽを、今は懸命に咥えこもうとしている。

友理奈は自分で自分の行動を理解できなかった。でも、勝手に口が動いていた。

5

一時間後、やっと麗と友理奈が理事長室から出てきた。

美桜は廊下の端のトイレから顔を出して、双眼鏡でふたりの顔を見た。

麗も友理奈もドキッとするほど大人びて見えた。まさか、エッチしたのだろうか。

いや、それはないはずだ。処女ＪＫに価値があるのだ。

「あれは……」

友理奈の唇の端に白いものが見えた。もしかして、ザーメンか……。

おま×こで理事長の相手ができないぶん、口で相手をしている可能性はある。

麗も友理奈もここ一時間の間で、すっかり大人の女になっていた。特に、友理奈の目つきがとても色っぽい。

美桜から見ても、ぞくぞくした。

理事長室から作業着姿の冴えない男が出てきた。あれは、確か用務員の蛭田。蛭田を見て、はっとなった。いつもは死んだような目をしていたが、にやけていたのだ。満足することが理事長室であったのだろう。

だが、用務員が美形処女ＪＫを買えるわけがないから……きっと、調教役なのだろう。

もしかしたら、用務員のザーメンを友理奈は口で受けたのかもしれない。


「こんばんは」

友理奈が校門を出て五分ほど駅に向かって歩いたところで、美桜は背後から声をかけた。

友理奈の肩がぴくっと動いた。美桜はすぐさま正面にまわり、友理奈の美貌をのぞきこむ。

「理事長室、長かったね」

「えっ、そ、そうかしら……」

「なにをしていたの」

「なにって、お掃除よ……」

友理奈の視線が泳いでいる。

「なにかついている」

と言って、唇の端についたままの白い粘液を小指で拭《ぬぐ》った。

「これ、なに？」

「えっ、いや、な、なにかな……わからない」

美桜は鼻に持っていく。

「これって、もしかして、男の人のザーメンかな」

「えっ、なに、なに言っているのっ」

「まさか、友理奈さん、理事長と」

「なにっ。なにもないわっ。あるわけないでしょうっ」

友理奈はかぶりを振っている。美桜を押しのけて行けばいいのに、それはしない。

そういう性格なのだ。

「別に理事長と関係があってもいいんだけど」

「だから、ないわっ。処女よっ、私は処女なのっ」

路上で友理奈が叫ぶ。漆黒のロングヘアが似合うM女学園の生徒が叫び、通りすがりの男たちがなにごとかと友理奈と美桜を見た。

「私のこと、詮索しないほうがいいよ。白石さんのため」

「どうして、私のためなの」

「だって、白石さん、すごくきれいだから。それに、あの……おっぱい、大きいし」

制服のブラウスの胸もとを見て、友理奈がそう言う。

「友理奈さんも大きいよね」

「私はいいの……私はもう穢れているの」

処女だと叫んだあと、穢れていると言って、友理奈はかなり混乱しているように見えた。

麗が道路の向こう側を歩いていた。こちらに気づき、軽く会釈をして、逃げるように駅へと向かう。

「麗さんも、理事長室にいたよね」

「そうね……」

「ふたりで理事長の相手をしていたの？」

「だから、処女なのっ。わかって、白石さんっ」

また処女だと叫び、友理奈は車の途切れた道路をわたっていった。麗のあとを追うように走っていく。


「理事長室でなんらかの調教を受けていると思われます」

「調教……」

「はい。たぶん、フェラの練習じゃないでしょうか」

「フェラの練習ね」

と言って、等々力課長が美桜の唇を見やる。

ここは警視庁刑事部捜査零課のオフィスである。

友理奈と麗と別れたあと、美桜は駅で私服に着替え、今日の報告をしに来ていた。

今日はTシャツにジーンズ姿だったが、Tシャツの裾は短く、へそを出していた。贅肉の欠片《かけら》すらない平らなお腹がセクシーだ。

「明日からも、麗と友理奈の様子をうかがいたいと思います」

「おまえも、理事長室に入れ」

「えっ」

「理事長室でなにが行われているのか、身をもって探ってくるんだ。それこそが潜入捜査。刑事部零課に求められていることだ」

「身をもって、ですか……」

「そうだ」

と言って、ねっとりとした目で等々力が美桜の唇を見る。こんな上司、この世に等々力だけだろう。部下に、フェラしてこい、と命じているのだ。

「たぶん、笹岡友理奈も、尾崎麗も理事長になにか弱みを握られているのだろう。それか、金かもしれない。金に困ってそこをつけこまれたのかもしれない」

「白石はどういう境遇にしますか」

田所が聞いてくる。

「そうだなあ」

と言いながら、美桜を頭の上から足の先までじっくりと見つめてくる。パワハラにセクハラのてんこ盛りである。

「安心しろ、白石。どんな調教を受けても、処女膜は守られる。相手が保証してくれている」

「でも、フェラは……」

「フェラくらいなんでもないだろう。警察官たるもの、犯罪者を検挙するためには、その身を捨てるくらいなんでもないことだ」

そう言う課長はこの部屋に一日いるだけである。美桜の報告を聞いて、フェラしてこい、と命じるだけだ。

「ＪＫ売春を暴きたいだろう」

「暴きたいです」

「これ以上、笹岡友理奈や尾崎麗のような被害者を出したくないだろう」

「出したくないです」

「じゃあ、フェラだ、フェラ。理事長のち×ぽをしゃぶって、口で受けてこいっ」

「口で、受ける……」

「笹岡友理奈の唇にザーメンがついていたのは、口で受けたからだろう。たぶん、ぜんぶ飲みこめずに、口の中にわずかに残っていたザーメンが学校を出たあと、唇の外にあふれたんだ」

「ザーメン、飲むんですか」

「ああ、処女膜を守るためだ。それくらいなんでもないぞ」

「課長は飲めますかっ」

「正義のためなら飲めるぞ」

等々力はきっぱりとそう言った。飲む機会などないから、そう言えるのだ。

第三章　屈辱の処女膜鑑定

1

翌日――四時限目が体育の授業だった。今日は水泳である。

まだ水泳には時期がはやいが、M女学園は屋内プールで温水だった。一年中、水泳の授業は組まれていた。屋内プールは、理事長が二代目にかわって作られたらしい。

それを聞いたとき、素晴らしいと思ったが、今は女子生徒の水着姿を見たいがために、温水プールを作ったのだと思った。

始業のチャイムが鳴っているが、美桜はまだ更衣室にいた。遅刻するように、と課長から言われていたからだ。課長に言われなくても、美桜は遅刻するつもりだった。

中尾に美桜のことを強く印象づけるためだ。

美桜は白のTバックを脱ぎ、紺のハイソックスを脱ぐと、水着に足を通していく。紺のワンピース型の水着だったが、股間のサポーターはつけないようにと体育教師の真中祥子《まなかしょうこ》に言われていた。ショートカットの美人教師だ。

水着を引きあげる。股間に食い入ってくる。かなりのハイレグだ。美桜は恥毛が薄いからぎりぎり大丈夫だったが、濃いめの女子なら手入れしないとはみ出てしまいそうだ。

しかも、ヒップは半分以上はみ出ている。胸もとは普通だったが、カップがなかった。バストの形がけっこうわかる。

バストと股間をなにもサポートせずに、裸体にじかに水着を着ていた。

おそらく、いや、間違いなくこれも中尾の趣味なのだ。

「遅刻しすぎかな……」

美桜は更衣室を出た。すぐそばに屋内プールがある。ドアを開くと、整列している女子たちが視界に入ってきた。

紺のハイレグ半尻ワンピースの水着を着た女子生徒たちが、三十人ずらりと並んでいる姿は、とてもエロティックだった。

六十本のナマ足と、三十のヒップラインにドキドキする。

女性たちの正面に、中尾と祥子先生が立っていた。中尾はTシャツに短パン。祥子は驚くことにビキニだった。

女教師が体育の授業にビキニなんて……。

黒のビキニは、体育教師の鍛えられた肢体に映えていた。

祥子は意外とバストが豊かだった。ウエストは絞ったようにくびれ、ハイレグのボトムからすらりと長い足が伸びている。

もしかして、祥子と中尾はデキているのでは……。

「誰だ、遅刻した生徒はっ」

中尾の野太い声が、屋内プールに響きわたる。

「すみませんっ」

美桜は小走りに向かう。

「走るんじゃないっ」

すみませんっ、と美桜は頭をさげつつ、中尾のもとへと向かう。ハイレグの股間がはやくも割れ目に食いこみそうだ。

「また、白石くんか」

怒った顔をしつつも、美桜の肢体を上から下まで舐めるように、いや値踏みするように見つめてくる。

「すみません」

美桜は頭をさげる。

「罰を受けてもらう。水泳の授業に遅れたら、どんな罰を受けるか知っているよな」

「えっ、な、なんでしょう」

美桜は振り向き、クラスメイトを見る。最前列に立つ友理奈と目が合った。友理奈が泣きそうな顔をしている。自分が罰を受けるような顔だ。

その顔を見て、とてもやばい罰だと知る。

「これで水泳の授業を受けてもらう」

中尾が足下に置いてあるトートバックから一枚の水着を取り出した。白のワンピースの水着だった。

それを見た瞬間、美桜はいやな予感がした。そして、それがきっと当たると思った。

「これに着替えて」

はい、と美桜は白の水着を受け取ると、更衣室に戻ろうとする。

「なにをしている」

「ばかなことを言うんじゃないっ。ここで着替えるんだっ。おまえのせいで、無駄な時間を過ごしているんだ。さっさと脱いで、さっさと着るんだ」

「すみませんっ」

美桜はストラップをさげ、紺の水着を脱いでいく。すぐに、乳房がこぼれ出る。するとすぐさま、射るような視線を乳首に感じた。

美桜の乳首は乳輪に眠っている。

「きれいな乳首をしているな、白石くん」

いきなり理事長が、女子生徒の乳首の感想を言う。セクハラにパワハラ。いや、この世のすべてのハラスメントだった。

だが、ずらりと整列した女子たちは、もちろんなにも言わずにいる。

さらに水着をさげる。身体にぴたっとしているため、脱ぎずらい。自然と身体をくなくなさせてしまう。

股間があらわれる手前で手が止まる。これをさげれば、割れ目をさらすことになる。この学園に入って、すでに担任教師に裸体をさらしている。そして今、理事長の前にもさらそうとしている。

なんて学園なのか。

「どうした、白石くん。みんな待っているんだぞ。今、みんなの大切な時間を、おまえが奪っているんだぞ」

すみませんっ、と思いきって水着をさげる。

美桜の股間があらわれる。恥毛は薄く、恥丘にひと握り生えているだけだった。すうっと通った処女の割れ目のサイドにはうぶ毛ほどしか生えていない。

当然のこと、あらわな割れ目に、痛いくらいの視線を感じる。中尾の視線だ。クラスメイトたちはずっと宙を見つめている。

「割れ目もきれいだな、白石くん」

美桜は思わずにらみつけそうになる。

だめだ。にらんでは。私はお嬢様学校の生徒なんだ。

紺の水着を足首から抜くと、白の水着を手にする。見るからに薄い。

足を通し、あげていく。ハイレグ度は紺の水着と変わらない。だが、淡い恥毛が透けていた。

「あ、あの……」

「なんだ」

「す、透けています……」

思わず、意見を言っていた。

「だからどうした。遅刻した罰なんだぞ。透けるくらいなんでもないだろう」

「は、はい……すみません」

美桜はさらに白の水着をあげていく。豊満な乳房を包む。するとぴたっと薄い布が貼りついてくる。

「ああ、スケスケです……」

乳房の形はもちろん、乳首まで透けて見えている。まだ勃っていないからいいものの、勃ったら露骨にわかるだろう。

中尾の目がねばついてくる。まったく教育者の目ではない。

「では、準備体操をします」

中尾の前に出た体育教師が、ぐっと伸びをする。黒のビキニ姿ゆえに、とてもセクシーだ。

これが海辺だったら、なんでもないだろう。ここが神聖な学舎だから、とてもエロく見えるのだ。

祥子にならい、女子たちも両腕をあげて伸びをする。

三十人の腋の下があらわれ、バストのふくみらが強調される。

中尾の視線がそのときだけ美桜から離れ、女子生徒たちに向く。

「白石くん、きみもやるんだよ」

すみませんっ、と美桜もあわてて伸びをする。すると、乳首に布がこすれる。刺激を受けて、乳輪に眠っていた乳首が芽吹きはじめる。

いったん芽吹くと、さらに布のこすれを強く感じてしまう。すると、とがりはじめる。ぽつぽつが露骨すぎるくらい透け出ていた。

「前屈です」

祥子が前に上体を倒す。ボトムに包まれたヒップがあがってくる。

だが、中尾は女教師の尻には見向きもせず、じっと美桜を見ている。

中尾の視線は露骨だった。遠慮というものがまったくない。

「ジャンプします」

と言って、祥子がその場で飛びはじめる。女子たちもいっせいにジャンプする。いやな予感を覚えつつ、美桜もジャンプをはじめた。

すると乳首が強くこすれ、ビリリッと電気が走った。それは意外にも快美なもので、
美桜は思わず、

「あんっ」

と、甘い声を洩らしてしまった。静まり返っている空間に、やけに大きく美桜の声が響いてしまった。

まずい、とあせる。だが、ジャンプをやめるわけにもいかず、さらに飛ぶ。すると、さらに強く乳首がこすれる。

「あっ、あんっ」

またも、甘い声をあげてしまう。美桜は狼狽《うろた》えていた。これまでの人生で、ジャンプするだけで、乳首がこんなに感じることはなかったからだ。

ジャンプするたびに、女性があんあん喘いでいては、この世は大変なことになるだろう。

中尾は美桜が甘い声を洩らすことについてはからんでこない。それでいて、美桜の肢体を見つめる目が異様な光を帯びはじめる。

「では、軽く泳ぎましょう」

祥子が言い、最前列の女子から次々とプールに飛びこんでいく。

すぐに美桜の番がまわってきた。プールに入ると、もっと中尾を喜ばせる姿になると思ったが、飛びこまないわけにもいかず、美桜は飛びこんだ。

温水は思った以上に気持ちいい。二十五メートルをクロールで泳ぐと、プールからあがる。

すると、あっ、と女子たちから声があがった。みな、美桜を見ている。

美桜は自分の身体を見た。一瞬、全裸になっていると思った。白の水着が水に溶けたのかと思ったが、ぴたっと貼りつく感じはあった。

溶けてはいなかった。水を吸って完全に透けていたのだ。

バストの形はもろにわかり、ツンとがった乳首が薄すぎる布から突き出ている。股間にぴたっと貼りついた水着からは、処女の縦筋が見えていた。

さっき全裸をさらしてはいたものの、水着を着ながら、なにもかも透けさせているのは、さすがの美桜もたまらなく恥ずかしかった。

自然と右手で胸もとを抱き、左手で恥部を隠していた。

「なにをしている、白石くん」

「あの、透けてます……」

「だからどうした。水着を着ているんだぞ。隠すなんて変だろう」

「は、はい……」

それから四十分近く、美桜はスケスケの水着姿を理事長に披露しつづけた。

2

水泳の授業が終わっても美桜だけ残され、スケスケの水着姿のまま、中尾から説教を受けていた。隣には、ずっと祥子先生が立っていた。スケスケの女子生徒を庇《かば》うことはなく、ずっと見ているだけだった。

そんななか、友理奈がプールに戻ってきた。紺の水着姿のままだ。

「真中先生っ」

「どうしたの、笹岡さん」

「あの、下着と腕時計がなくなっていて……」

訴えつつ、ちらりと美桜を見る。友理奈の申し訳なさそうな視線に、美桜ははめられたと思った。理事長がつけこむ弱みをなんにするか、等々力が考えていたが、そんな必要はなかった。

はやくも中尾のほうから転校生をＪＫ処女奴隷にするべく、しかけてきた。

「なくなったとは、どういうことだ」

中尾が聞く。

「更衣室のロッカーからブラとパンティと……そして、腕時計が……腕時計は祖母の形見で……かなり高価なものなんです」

友理奈は泣きそうな顔でそう言っている。形見の腕時計がなくなって泣きそうなのではなく、美桜をはめる手伝いをしていることに泣きそうなのだ。

「生徒たちが更衣室から出ないようにしろっ」

中尾が叫び、はいっ、と体育教師が駆けていく。

美桜は怯えた目で中尾を見た。これは演技だった。向こうからしかけてきたのならそれに乗ろう。課長期待の調教を受けてやる。

私が、きっちりと化けの皮を剝がしてやる。

怯えた目で見つめつつ、美桜は心の中でそう誓う。

「行くぞ、白石くん」

はい、と返事をして、友理奈を見る。すると、友理奈が視線をそらした。

更衣室に行くと、三十人の女子たちでむんむんしていた。ぎっしり女子で埋まっている。みな、水着のままだった。

「誰も出ていません」

祥子が中尾に報告する。祥子も黒のビキニのままだ。

「そうか。まずは白石くんのロッカーを見てみるか。遅刻した理由がわかりそうだ」

中尾が言う。開けてみて、と祥子が美桜に言う。美桜はまっ青になっている。もちろん演技だ。警察学校を卒業したあとの三カ月にわたる特殊カリキュラムの中に、演技の勉強もあったのだ。

美桜はそのまま女優でもいけるかも、というくらい演技が上手になっていた。青ざめるくらい朝飯前だ。

美桜はロッカーのナンバー錠をまわす。その指が震えていた。もちろん、演技だ。何度か間違い、中尾に叱責されつつ、ようやくロッカーを開いた。

すぐに祥子が中を探る。ブラとパンティを取り出した。

「私のです……」

祥子はブラとパンティを持ったまま、また中を探る。すると予想どおり、もうひとセット純白のブラとTバックのパンティが出てきた。

「これは、なにかしら」

「そ、それは……知りません」

「あなたのかしら、笹岡さん」

祥子が友理奈に聞く。

「た、たぶん……私のです」

「違うかもしれませんっ。みんな同じ白のブラとパンティを身につけているんですっ。それが笹岡さんのかどうか、わからないはずです」

美桜がそう言うと、貸してみろ、と中尾が手を出した。友理奈から受け取るなり、三十人の女子生徒たちの前でパンティをひろげ、ずっと恥部に当たっている部分に顔を埋めていった。

「り、理事長……」

祥子が目をまるくさせている。

「勘違いするな。白黒はっきりさせるためには、匂いを嗅ぐのが一番だ」

そう言うなり、中尾は友理奈の足下にしゃがんだ。そして、水着をさげるように言った。

「えっ……」

友理奈も狼狽えていた。こういう展開は予想していなかったようだ。

美桜だって予想していない。

「なにをしている。匂いを嗅いで、そのパンティが笹岡くんがずっと穿いていたのかどうか確かめるんだよ」

「は、はい、あ、ありがとうございます……私なんかのために……」

そう言うと、友理奈が紺の水着をさげていく。じかに着ているため、バストがあらわれ、そして股間があらわれた。友理奈はパイパンだった。

それを見ても、中尾は表情を変えなかった。知っているからだ。さんざん、友理奈の恥部を見ているからだ。

「なに、じっとしている」

中尾が言う。

「ひろげるのよ、笹岡さん。理事長にお手間をかけさせてはだめっ」

体育教師が割れ目を自分で開けと言う。なんて学園なのか。三十人の女子はみな、固唾《かたず》を呑んで友理奈を見ている。

友理奈が、はい、とか細い声で返事をして、ほっそりとした指を剝き出しの割れ目に向ける。だが、なかなか花唇を開けない。友理奈は、すでに理事長の手でJK奴隷調教を受けているはずだ。

だから、中尾の前で割れ目を開いているはずだ。それなのに、はじめて開くような緊張感、恥辱感が伝わってくる。

これは、大金を積んで友理奈を欲しがる好事家はたくさんいるだろう。

「どうした、笹岡」

「す、すみません……今、開きます」

震える声でそう言うと、友理奈が自らの指で割れ目を開いていった。いや、とあちこちで女子の声がする。友理奈の花びらがあらわになったとたん、みな顔をそらしていた。

そんななか、美桜だけがじっと友理奈の花びらを見ていた。目がくらくらするようなピンク色だったが、しっとりと潤んでいた。

やはり、調教を受けている。あの濡れかたがそれを証明していた。

中尾があぶらぎった顔を寄せていく。割れ目ぎりぎりまで鼻を寄せて、くんくんと匂いを嗅ぐ。プールに入った直後だから、普通は花びらの匂いなんてわからないだろうが、あれだけ濡れていればわかるだろう。

だが中尾は、うーんとうなり、首をひねる。

「悪いが、もう少し詳しく嗅がせてもらうよ。いいかな」

中尾がわざわざ友理奈に聞く。友理奈が、はい、とうなずくなり、中尾があぶらぎった顔面を女子生徒の花びらに三十人もの女子生徒たちの前で堂々と埋めていった。

「あっ」

声をあげたのは、クラスメイトたちだ。

中尾はぐりぐりと鼻を押しつけ、うんうんとうなっている。もうすでに、パンティの匂いと友理奈の匂いを比べるというより、ただただ牡の劣情をぶつけているだけのように見えた。

「う、うう……」

友理奈は泣きそうな顔で、じっと耐えている。

乳房を見て、美桜は驚く。さっきまで乳輪に眠っていた乳首が、中尾が顔面を花びらにこすりつけたとたん、ツンとしこりはじめたのだ。

かなり調教が進んでいる。

美桜は尾崎麗を探した。麗はじっと友理奈を見ていた。いつもきりりと閉じている唇が半開きになっていた。すらりと伸びたナマ足をすり合わせている。

もしかして、クラスメイトの前で処女の花びらの匂いをじかに嗅がれている友理奈を見て、感じているのか……。

「うんうん」

中尾はまだ、友理奈の花びらに顔を埋めている。よほど、そそる匂いをさせているのだろう。

「理事長、どうですか」

祥子が助け船を出してきた。それで我に返ったような顔になった中尾が、女子生徒の股間から顔をあげた。興奮ゆえか、顔がてかてかしている。

「パンティに残っている匂いと同じだ。これは笹岡くんのパンティだ」

美桜は友理奈を見つめる。友理奈は目が合うと、すぐに視線をそらす。パンティを盗《と》られて非難するどころか、美桜の視線を避けている。

「腕時計もなくなっていたと言っていたよな」

中尾が友理奈に聞く。友理奈が、はい、と返事をすると、祥子があらためて美桜のロッカーを探る。

「ありましたっ。これですか」

祥子がアンティークな腕時計を出してきた。

下着だけでは脅すのに弱いとみたのか、高価な時計まで盗んだことにされていた。

「どういうことだ、白石くん」

立ちあがった中尾が美桜をにらんでくる。美桜はひぃっと怯えた声をあげ、スケスケの水着に包まれた肢体を震わせた。

「知りませんっ。盗ってませんっ。なにかの間違いですっ」

と叫ぶ。

「理事長室でじっくり聞かせてもらおうか。きみたちは次の授業を受けなさい」

そう言うと、中尾は友理奈のパンティと腕時計を手に更衣室を出ていく。

「知らないんですっ。私、なにも知らないんですっ」

美桜は祥子に訴えかける。祥子は困惑の表情を浮かべている。美桜が盗ったとは思っていないのだ。

「盗ってないよっ。私、友理奈さんのパンティも腕時計も盗ってないよっ」

今度は友理奈の腕をつかみ、揺さぶる。すると友理奈が、

「ごめんなさい……」

と謝った。

「えっ、どうして謝るのっ」

行くわよ、と祥子が美桜の腕を取り、スケスケの水着姿のまま更衣室から引っぱり出す。

「友理奈っ、どうして謝るのっ」

美桜は叫びつづけた。

3

「私、盗っていませんっ。信じてくださいっ、理事長」

理事長室には、中尾とスケスケ水着姿のままの美桜と、黒のビキニ姿のままの祥子の三人がいた。中尾もTシャツに短パンのままだ。

「かわいいうちの生徒だから、信じたいのはやまやまなんだが……証拠が挙がっているからねえ」

と言って、友理奈のパンティをひろげて、恥部が当たっているところに顔を寄せていく。

「ああ、やめてください……」

友理奈が穢されているようで、美桜はかぶりを振る。

「おまえも嗅ぎたいか。友理奈が好きなのか。パンティを盗むくらいに。それとも、この腕時計が狙いか。盗んで売り飛ばすつもりだったのか。どうなんだ」

中尾が野太い声で迫る。

「どちらも違います……パンティも腕時計も盗っていませんっ」

「しらを切るなら、警察を呼ぶしかないな」

中尾があごをしゃくると、祥子がデスクに向かった。電話機の受話器を手にする。

「待ってくださいっ。警察はゆるしてくださいっ」

美桜は哀願の目を中尾に向ける。

「どうしてだ。無実なら、警察が来ても困らないだろう」

「親にも……知らせるんでしょう」

「当たり前だ。すぐに来てもらうことになる」

「だめ、だめですっ」

美桜は帰国子女としてM女学園に転校してきた。

一週間前まで貿易商を営む父の仕事の関係で、ニューヨークに住んでいたことになっている。すべて、田所が用意した設定だった。ネットで調べても、美桜の父が経営する貿易商のHPや話題などが出てくる。

ニューヨークでは、私立の名門校に通っていたことになっていて、それゆえ東京の名門女子高に転校することができた。もちろん資料上は、美桜がニューヨークの名門私立に在籍した証《あかし》があった。だが、今は削除されている。

「パンティを盗んだことは認めない。でも、警察ざたや父親を呼ぶのはいやじゃ、通らないぞ、白石くん」

「た、助けてください、理事長」

美桜はすがるような目で中尾を見つめる。

「ひとつだけ、なにもなかったことにすることはできる。ただその場合、ひとつ確かめなくてはならないことがあるんだ。それ次第で、なかったことにするかどうか決めよう」

処女かどうか、ということだと思った。美桜が処女なら、ＪＫ処女奴隷として競りにかけることができる。処女でなかったら、なんの価値もなくなる。

「確かめるって、なんですか」

「白石くんは異性とつきあったことがあるかな」

「い、異性……男子ですか」

「そうだ。あるかな」

「いいえ、ありません」

「本当か」

「はい、本当です」

美桜はすんだ瞳で、まっすぐ中尾を見つめる。

「確かめてもいいかな」

「なにをですか……」

「処女膜があるかどうかを」

「ど、どうしてですか」

「なかったことにするためには、確かめる必要があるんだよ」

「意味がわかりません」

美桜は救いを求めるように祥子を見た。だが、ショートカットの美貌の体育教師は目が合うと、さっとそらした。

「警察に電話をするか、処女膜を見せるか、どちらかだ。別に強制はしない。白石くんの意志に従う」

美桜が選べと言われても、どちらも地獄だ。もちろん、警察ざたはありえない。潜入捜査の意味がなくなる。処女膜を見せるしかない。そのために、ここにいるのだ。覚悟して臨んでいるはずだったが、いざ理事長に処女の割れ目の奥を見られるのかと思うと、ためらいが出てしまう。

刑事部零課の刑事としては新人なのだ。まさに身体を張る潜入捜査は、はじめてである。

「しょ、処女かどうか……確かめてください」

蚊の泣くような声でそう言った。これは演技ではなかった。実際、そんな弱々しい声しか出なかったのだ。

中尾の目がぎらりと光った。教育者とはまったく正反対の男の目だ。

「じゃあ、それを脱いで」

中尾が言う。はい、と美桜はスケスケ水着のストラップをおろし、身体にぴたっと貼りついたままの薄い布をさげていく。

すぐに乳房があらわれる。こんなときなのに、乳首はとがったままだ。ピンクから赤に充血している。

さらにさげると、うぶ毛に飾られた割れ目があらわになる。

祥子はなにも言わず、裸になる女子生徒を見つめている。祥子は理事長の女なのだろう。担任の皆川里央先生は、なにも知らないように感じる。

スケスケ水着を脱ぐと、美桜は両手で恥部を覆った。乳首は剝き出しのままだったが、どうしても割れ目を理事長の目から隠したくなったのだ。

「割れ目を開いてみろ」

中尾が言い、美桜の足下にしゃがんでくる。更衣室での友理奈相手と同じポーズだ。

「ああ、ああ……なんのために……ですか」

「白石くんを助けるために必要なんだよ」

「私を助ける……」

「警察ざたになりたくないんだろう」

「なりたくありません……」

「じゃあ、割れ目を開け。それしか助かる道はない」

なにか催眠術にでもかかっているような感覚になる。割れ目を開き、処女膜を見せることが、この場において唯一とるべき行動のように思えてくるのだ。

「真中先生、警察に電話を」

美桜の恥部の前で、中尾がそう言う。

「待ってっ、待ってくださいっ」

美桜は叫ぶ。そして、恥部から手のひらをずらす。あらわになった割れ目に、理事長の視線が突き刺さる。指を添えるが、そこからが動かない。

「どうした、白石くん。警察に来てもらったほうがいいかな」

「だめですっ」

と叫び、美桜は割れ目を開いていった。

「ほう、これは」

中尾がうなった。目がきらきら光っている。高価な美術品を見るような目だ。

人生二度目の処女花びらさらしだ。まさか警察官になって、好きでもない相手に割れ目の奥をさらすことになるとは想像すらしていなかった。

尊敬する河合凜警部に見られたときは、ただただ恥ずかしかった。だが今は、ただただ屈辱を感じていた。

目の前に、中尾の鼻がある。膝蹴りをかまして、この鼻をつぶせたら、どれだけすっきりするだろうか。

「あ、ああ、ど、どうですか……」

「処女だな。しかも、なんとも美しい花びらだ。こんな花びら、見たことがない」

友理奈の花びらよりきれいなのだろうか。

「あ、あの……もう……いいですか」

そう聞くと中尾はなにも答えず、いきなり顔面を押しつけてきた。

「ひいっ」

美桜は絶叫した。クラスメイトの前で友理奈の花びらにも鼻をこすりつけてきたのだ。こうされることは予想がついたはずだ。それなのに、美桜は完全に不意をつかれていた。

身体が恥辱でかぁっとなる。

中尾は両手をヒップにまわし、尻たぼを押さえつつ、ぐりぐりと鼻を花びらにこすりつけている。女性の中に鼻を突っこむのに慣れているような動きだ。

中尾はうんうんうなりながら、美桜の花びらに鼻をこすりつづけている。鼻で愛撫しているような感じだ。

美桜は膝蹴りを入れたくなる。でも、身体が動かない。膝蹴りを入れたら潜入捜査がおじゃんなるからではなく、足が動かないのだ。

やっと、中尾が顔を引いた。

「匂いもいいぞ、白石くん。合格だ」

「あ、ありがとうございます……」

思わず礼を言ってしまう。なんに対してお礼をしているのか、自分でもわからなくなる。美桜でさえ、はやくも混乱しているのだ。友理奈や麗なら、もっとあれよあれよ状態だったのだろう。

弱みを握られそこにつけこまれた瞬間から、中尾のペースにはまってしまっている。美桜もそうなのだ。

「蛭田くんに電話して」

中尾が言う。はい、と祥子が電話をかける。蛭田というのは用務員だ。この学園にまったくそぐわない昏《くら》い目をした男だ。

相手が出て、祥子が中尾に携帯電話をわたそうとする。すると、スピーカー設定にしてくれ、と言う。中尾自身は、美桜の前にしゃがんだままだ。

そして美桜は中尾が顔を引いても、割れ目をくつろげたままでいる。閉じていい、と命令が出ていないからだ。すでに、中尾の意向をうかがっていた。

「新しい女子が手に入ったよ。今回は、思った以上に上物だ。友理奈以上だな」

「そうですか」

蛭田の低い声がする。上物と言われても、蛭田の声が弾むことはない。

「さっそく、見てくれないか」

「はい。すぐにうかがいます」

「蛭田さんが来るんですか」

美桜は問う。

「そうだ。蛭田くんにも処女膜を鑑定してもらおうと思ってね」

「か、鑑定……そんなことしなくても、理事長、今、ご覧になっていますよね」

「そうだな。処女だな」

「じゃあ、もう閉じてもいいですか」

「だめだっ」

中尾が野太い声をあげる。ひいっ、と美桜は裸体を引く。演技ではない。中尾の迫力に圧倒されていた。もう、演技など入っていなかった。美桜は素になっていた。

まずいとは思うが、このほうがいいとも思う。どんな調教が行われているのか、自分の身体で証拠を集めるために、ここに全裸でいるのだ。

「あの、授業に……」

「大丈夫だ。これが授業だ。大事な授業だ」

中尾が言う。その目は、開かれたままの割れ目の奥からまったく離れない。

こんこんとノックの音がして、ドアが開いた。

作業着姿の用務員が入ってきた。

失礼します、と言い、ちらりと体育教師のビキニ姿を見る。

ビキニのまま理事長室にいる体育教師、そして全裸で立つ女子生徒を目にしても、まったく表情を変えない。昏い顔のままだ。

そしてまっすぐに、中尾のそばに、美桜のそばにやってきた。

じろりと蛭田に見られた瞬間、いっせいに鳥肌が立った。そして、下半身が訳もなく震えはじめる。

中尾が美桜の股間から離れようとした。それを見て思わず、

「理事長っ」

と、声をかけていた。行かないで、という目で見てしまう。

中尾は構わず立ちあがり、かわりに蛭田が裸で立つ美桜の前にしゃがみこむ。

蛭田に花びらを見られたと思った瞬間、美桜は割れ目を閉じていた。

4

「閉じただとっ。どうしてだっ」

警視庁刑事部零課のオフィスに、課長の等々力の甲高い声が響きわたる。

「だって……すごく気持ち悪くて……無理だと思ったんです」

放課後、理事長に呼び出されるかと思ったが、そんなことはなく、美桜はまっすぐ錦糸町のこのビルにやってきた。報告のためだったが、潜入に成功したとはいえ、今日は足取りが重かった。

「それで、開いたんだろうなあ」

「は、はい……開かないと、警察ざたになりますから」

「それは、まずいよな」

「だから、開きました」

どうして自分で割れ目を開いたことを、上司に話さなければならないのか。でも、これは業務報告なのだ。エロ話をしているのではない、と美桜は自分に言い聞かせる。

「そうか。それで」

等々力が身を乗り出してくる。田所もパソコンのディスプレイから目を離し、美桜に視線を向けている。

「ああ……」

思い出しても、いまだに鳥肌が立ち、身体が震える。

美桜は思わず、タンクトップからあらわな両腕で自分の上半身を抱きしめる。豊かなふくらみが二の腕から押し出されて卑猥な形を作る。

蛭田の前で閉じてしまったが、中尾も蛭田もなにも言わなかった。無言のまま、じっと美桜自身が自分の意志で割れ目を再び開くのを待っていた。

どれくらいの時間がすぎたのだろうか。ほんの十秒のような気もするし、五分ほど沈黙の中にいた気もする。

いずれにしても、美桜は蛭田の前に、処女の花びらをさらしていた。

昏かった目に光が浮かび、それが輝きはじめるのがわかった。死んだように生きていた男が処女の花びらを見て、生き返ったような感じだった。

——処女ですね。理事長がおっしゃるとおり、かなりの上物です。

蛭田が言った。

「とにかく、蛭田は気持ち悪いんです。あの目で見られているだけで、なんか私、犯されているような気になりました」

「そうか。犯されたか、白石巡査」

等々力は心配しているような表情を見せていたが、その目は理事長並に輝いていた。

これはセクハラじゃないのか。いや、違う。やっぱり業務報告だ。

「見られただけか」

「いいえ……手錠をはめられました」

「手錠か。はめる側がはめれたわけか」

自分の言葉にウケたのか、等々力が笑う。田所もにやにやしている。最低な職場だ。

「理事長室の本棚が開くんです」

いきなり開きはじめたときには驚いた。本棚が開くと、四本の鎖が目に入った。

美桜は目を見張ったが、祥子は驚かなかった。

裸のまま、奥に入るように言われた。円形の台の上に、鎖が降りていた。その端には革の手錠がついていて、それを両手首にはめられた。祥子の手によって。

「鎖はあがっていくんです。両腕を万歳するかたちで拘束されました」

「裸のままだよな」

等々力がわざわざ聞く。

「裸のままです」

と答えてやる。

「そして体育教師の手で割れ目をひろげられて、ずっと放置されました」

「放置……」

「蛭田がしゃがみこみ、ずっと私の処女膜を観察するんです」

「そうか」

等々力は自分も観察したい、という表情を浮かべていた。田所もそうだ。童貞の田所は、ナマのリアルな処女膜なんて見たことはないだろう。

「十分、二十分くらいすぎたところでいきなり、マゾですね、と蛭田が言ったんです」


——マゾですね。

蛭田がそう言うと、そうか、と中尾が笑顔を見せた。

——しかも、かなりのマゾです。見てください。濡らしてますよ。

と、蛭田が言った。

濡らしているっ。私が、あそこを……両腕を拘束された姿で、蛭田にずっと見られて……。

ありえない。なにかの悪い冗談だと思った。

ずっと革の椅子に座っていた中尾がそばにやってきて、祥子の手で開かれている割れ目の奥をのぞきこんできた。

——ほう、手錠をはめてさらしただけで、こんなに濡らした処女ははじめてだな。

中尾が感嘆の声をあげたのだ。

「マゾっ？　おまえが、白石美桜巡査がマゾだってっ。Sの間違いじゃないのかっ」

等々力が素っ頓狂な声をあげる。なあ、田所、と同意を求める。

だが、童貞警部補は同意しなかった。それどころか、

「やっぱりね」

と言ったのだ。

「やっぱりってなんだ」

等々力が聞く。

「勘ですよ。勘」

「勘って、同じ童貞と処女だからか」

等々力が田所にそう言った。上司に童貞と見破られ、田所は一瞬固まった。だが、
否定しなかった。そこはスルーして、

「同じマゾだからです」

と答えた。

「えっ」

等々力と美桜は同時に甲高い声をあげていた。

「マゾなのっ」

美桜が聞く。田所は童貞のところはスルーしたが、マゾについてはうなずいた。

童貞でマゾ。それでいて、警部補。

「なんか、白石巡査とは同じ匂いをずっと感じているんです」

「そうか」

等々力は変に感心したようにうなずくが、美桜は激しくかぶりを振った。

「私はまったく感じませんっ。そもそも、私はマゾではありませんっ」

きっぱりと否定した。

「しかし、その用務員はマゾだと断言したんだろう」

「は、はい……」

「潜入捜査にはSよりMのほうが向いています。捕まって責められる可能性が高いですからね」

「敵にやられても感じるから、苦痛ではないということか」

「そもそも、白石巡査がマゾだと見破って、上は白石巡査を零課に配属させたのだと思っていましたけれど」

「いや、そんな話は聞いていないが」

「私はマゾではありませんっ。蛭田にあそこをじっと見られるのは、苦痛以外のなにものでもありまでんでしたっ」

「でも、濡らしたんだろう」

美桜は上司をにらみつける。

「ふだんから、よく濡らすのか」

「いいえっ。濡らしませんっ」

「じゃあ、やっぱり、感じていたんじゃないか」

「違いますっ……」

否定するも、蛭田が、マゾですね、と美桜の花びらを見ながら言ったとき、なぜか身体が痺れた。あの瞬間、どろりと愛液が出た気がする。

「これから、ＪＫ奴隷に調教されるわけだから、マゾのほうがいいじゃないか」

等々力が言う。

確かに、そのほうがいいとも言える。いや、私はマゾではない。田所と同じ匂いなんてしていない。

「そのあと、どうされたんだ」

等々力が興味深げに聞いてくる。田所もいつの間にか目を爛々《らんらん》とさせている。等々力はS心を刺激され、田所はM心を刺激させているのだろう。

なんて部署だ。最低だ。

「匂いを嗅がれました」

「処女膜からにじみでるラブジュースの匂いか」

等々力が言った。

「ラブジュースって、なんですか」

美桜は聞く。

「あそこから出る汁だよ、汁」

これは、本当に経過報告の場なのだろうか。セクハラにどっぷり浸かっている。

「あそこだけじゃなくて、全身です。蛭田は特に腋の下が好きなようで、私の腋の下に鼻を押しつけて、くんくん嗅ぐんです」

「そうか。俺も腋の下は好きだな。なあ、田所」

「そうですね。そそられます」

男はみんな好きなのか。

「それで、どうなんだ」

「なにがですか」

「おまえの腋の下の匂いは。蛭田はなんて言った」

——腋の匂いも極上です。友理奈以上ですね。一千万以上で競り落とされそうです。

と、蛭田が言ったのだ。

「一千万っ。おまえの身体は一千万の価値があるのかっ」

等々力が大声をあげる。

「そうなりますね」

今、今日の報告をしている間、最低の職場だと思っていたが、ふと身体が火照っていることに気づいた。特に、あそこがじんじんしていた。

きっと濡れている。

そう気づくと、よけい感じてしまう。今、どろりと愛液が出てきた。

強い視線を感じ、田所を見る。田所が、今、濡らしたよね、というような目で見つめてくる。いや、そう感じるだけで、ただ見ているだけかもしれない。いや、田所にはわかっている。

同じマゾとして……いや違う、私はマゾではない……。

「それから、どうされたんだ」

「今日は、それで解放されました」

「そうか。こちらからしかける前に、向こうからしかけてくるとはな」

相手にどんな弱みを握らせようかと思っていたのだ。

「たぶん、体育の授業でおまえの尻を張ったときに、おまえをＪＫ奴隷にしよう、と中尾は思ったんだろうな」

「そう思います」

田所も等々力の意見にうなずく。

「ど、どうしてですか……」

「尻を張られて感じていたんだろう」

「い、いいえ……」

等々力には屈辱を感じたとしか報告していない。だが、等々力にいつにない鋭い目で見つめられ、あのとき目をそらしていた。それで気づいたのだ。感じていたと。

「とりあえず、調教を受けつづけるんだ」

課長の指示が下った。

第四章　穴教師と誘う処女膜

1

皆川里央はM女学園に赴任して一カ月になる。教師になって三年目で、理事長の中尾からM女学園で教鞭をとらないかと誘われ、里央は心を弾ませて教壇に立った。名門の名に恥じない学舎で教師でいられる幸せを感じていたが、その一方で、違和感を覚えることもあった。

思っていた以上に生徒たちは優秀で、里央の授業も熱心に聞いてくれた。

なにより、下着だ。白である、というのは公《おおやけ》には謳《うた》っていないが、学内では当たり前のことで、ときどき下着検査がある。これは、女子生徒自身は知らないが、体育館とプールの隣の更衣室には秘密にカメラが設置されてあり、そこでときどき、女性教師が下着検査をしていた。

里央も何度か検査したことがある。理事長室の隣に視聴覚室があり、そこで、いわば盗撮映像を見ることになる。下着検査といいはいえ、秘密に着替えるところをのぞくわけだから、いい気はしない。

でも、新人教師の立場で断るわけにもいかず、里央も検査をやっていた。

白のブラに白のパンティ。これは学園が支給するものだ。それしか身につけてはいけない。パンティはTバックになっている。これは、体育で穿くブルマがヒップの半分が出るデザインなので、そのためにTバックだと教頭から聞いていた。

そうだ。ブルマにも驚いた。廃絶運動のすえ、学校から消えたはずのブルマが、名門女子高で秘かに続いていたのだ。

違和感はそれだけではない。このところ、担任クラスの尾崎麗と笹岡友理奈が妙に気になっていた。

教壇に立ちクラスの女子たちを見わたしたとき、麗と友理奈の顔がすうっと浮いて見えるのだ。ふたりとも、なにか違う……なにが違うのかはっきりしない。

ふたりを気にかけると、放課後、麗と友理奈だけ、よく理事長室に呼ばれていることに気づいた。聞くと、理事長室の掃除をするためだと言い、呼ばれることは生徒として名誉なことだと麗と友理奈が答えていた。

だが、そのときの表情に違和感を覚えたのだ。特に友理奈はなにかを訴えるような、救いを求めるような目で里央を見つめてきた。

放課後、里央は第二校舎の四階にある資料室から、第一校舎の一階の廊下を見ていた。端が理事長室だ。

しばらくすると、三人の女子の姿が理事長室の前で見えた。

「うちのクラスの生徒ばかり……」

尾崎麗と笹岡友理奈にもうひとり、転校生の白石美桜が加わっていた。三人とも制服の上から掃除用のエプロンをつけている。

麗がドアをノックすると、ドアが開かれた。

「あっ、真中先生っ……」

体育教師の真中祥子が立っていた。しかも、ビキニ姿だ。

どうして、真中先生がビキニで理事長室にいるのだろうか。理事長と真中先生はなにか怪しいと思っていたのだが、ビキニで理事長室にいるなんて。しかも、その姿を女子生徒にさらしているのだ。

いやな予感しかしない。この学園内で覚えている違和感の答えが、理事長室の中にあると思った。

どうすればいいのだろうか……。やはり、理事長室を訪ねるのが一番なのでは。

本当にただ理事長室の掃除をしているだけなら、それでいいのだ。でも、違っていたら……。

友理奈の救いを求めるような目を思い出す。

助けるなら今だ。

里央は資料室を出ると、階段を降りていく。

一階まで駆け下り、渡り廊下を進むと、第一校舎の一階廊下に蛭田の姿が見えた。

理事長室の前に立ち、ドアをノックしている。

用務員がなんの用かしら。

ドアが開いた。白い腕が見える。たぶん、ビキニ姿の真中先生だ。

里央は思いきって駆けていった。蛭田が中に入り、ドアが閉められようとしたとき、
待ってくださいっ、とノブをつかんだ。

「あっ……うそ……」

真中先生と目が合った。

体育教師は裸だった。ビキニの水着さえつけていなかった。とがった乳首とすうっと通った割れ目が、里央の目に飛びこんできた。祥子の股間には毛がなかった。パイパンだった。大人の女性のパイパンはとても卑猥に見えた。

「真中先生っ、どうして裸なんですかっ」

そう問いつつ、里央は理事長室の中に入っていく。女子生徒たちを探そうと部屋の中を見まわした里央の視界に、祥子の割れ目以上のものが飛びこんできた。

「えっ、こ、これは……」

心臓が止まりそうになる。

本棚が開き、その奥に女子たちが円形の台の上に立っていた。

ただ立っているだけなら、これほどまでに驚くことはない。友理奈と美桜が立っていたのだが、ふたりとも裸だった。でも、全裸ではなかった。M女学園の象徴である深紅のネクタイを乳房の谷間にさげて、紺のハイソックスと上履きを履いていた。

でも、ブラもパンティも身につけていなかった。しかも、両腕を万歳するかたちで拘束されていた。

「な、なに、こ、これは……」

麗の姿がなかった。麗はどこっ。

「皆川先生っ」

止めようとする祥子の手を振りきり、里央は本棚の奥の空間へと入っていった。

「り、理事長……」

「皆川先生か」

中尾は革の椅子に座っていた。スーツ姿だったが、その足下に裸の麗がひざまずき、そして股間に美貌を埋めていたのだ。

「な、なにを……こ、これ……尾崎さんっ、なにをしているのっ」

麗がこちらを見あげた。その唇には、グロテスクなものが咥えらていた。それが理事長の勃起させたペニスだと理解するまでに、十秒ほどかかった。

「こ、これ……これ……」

あまりに常軌を逸した光景に里央は、これ、しか言葉が出ない。

麗が再び、中尾の股間に美貌を埋める。

「や、やめなさいっ。尾崎さんっ、やめなさいっ」

里央が強い口調で言うものの、麗はうんうんうなってしゃぶっている。

背後から、あんっ、と甘い声がした。

えっ、と振り返ると、蛭田が友理奈の乳房に顔を埋めていた。用務員に乳房を吸われ、いやがるどころか友理奈は甘い声をあげていた。

「蛭田さんっ、なにをなさっているのですかっ」

里央は叫び、円形の台に近寄ると、友理奈の乳房に顔を埋めている蛭田の肩をつかんだ。揺さぶるも、そのまま乳房を吸いつづけている。

「あ、ああ……ああっ、あんっ」

友理奈の甘い喘ぎ声が、異様な空間に流れている。

「理事長っ、これは、いったいっ、なんなのですかっ」

「見ていればわかるさ。祥子、皆川先生に椅子を用意して」

しゃぶらせている麗のさらさらの髪を撫でつつ、中尾がそう言う。はい、と祥子は返事をして、端から椅子を持ってくる。

「やめさせてくださいっ」

里央は理事長に向かって叫ぶが、中尾は動かない。

里央は美桜を助けようと思い、万歳のかたちにあがっている両手の手首の革手錠をはずそうとする。だが、両腕をあげているため、伸びをしても手首まで届かない。

すると祥子が、座ってください、と背後から声をかけてきた。

「真中先生っ、手錠をはずすのを手伝ってくださいっ」

と叫ぶものの、降りてください、と背後から腰をつかまれ、台から引きずりおろされる。

「いやいやっ、放してくださいっ」

里央は抗う。すると、ずっと友理奈の乳房を舐めていた蛭田がこちらを向き、うるさいな、と言った。そして、いきなりぱんっと里央の美貌に平手を見舞ってきた。

あまりに不意で、あまりに意外で、里央は一発でよろめいた。一発で圧倒されていた。

祥子が里央を椅子に座らせる。両手を肘かけに乗せると、手首にわっかをはめてきた。

「えっ……」

気づいたときには、両手首を椅子についている手錠で拘束されていた。

「な、なに、これっ」

と驚いている間に、祥子が両足首も椅子の脚にわっかでつなぐ。

里央はあっという間に、椅子に両手両足を拘束されていた。

蛭田が友理奈のそばに戻った。今度はしゃがむと、股間に顔を埋めていく。

やめてっ、という里央の悲鳴のような声とともに、友理奈の、はあっ、あんっ、という甲高い声があがる。

「う、うう……」

隣から、麗のうめき声がする。麗が美貌を引きあげた。はじけるようにたくましいペニスがあらわれる。

それをもろに目にした里央は、いやっ、と叫ぶ。

中尾が言うと麗がさがり、かわって祥子が中尾に近寄り、抱きつくようにして正面からつながっていく。

「ああ、入れたくなったな。穴だ、穴」

「真中先生……うそ……」

里央が見ている前で、教え子の唾液まみれの理事長のペニスが垂直に、体育教師の中に入っていく。それを里央はもろに目にしていた。

ずぶずぶと入っていく。

「あうっ、ううっ」

祥子は対面座位で抱きつきつつ、あごを反らす。麗はそばで正座をして、肉の結合部分を見つめている。

「尾崎さんっ、そんなもの見てはだめっ。目をそらしなさいっ」

里央が叫ぶものの、麗は祥子のおんなの穴を垂直に出入りしている中尾のペニスから視線をはずさない。

「皆川先生の穴に入れたいな」

対面座位で祥子を突きあげながら、中尾が里央を見つめてくる。牝を見るような目だ。そこには教育者の威厳は微塵も感じられない。

「な、なにを、おっしゃっているのですかっ」

「処女膜が三つもあるんだが、突き破ることができないんだよ。ＪＫは処女こそ価値があるからな。処女膜をなくしたＪＫなんて、大金を出す価値はないだろう」

中尾が里央に同意を求めてくる。

「な、なにをおっしゃっているのかわかりません」

中尾は突きあげつづけ、ああ、ああっ、という祥子のよがり声が響きわたっている。

中尾に教育者の顔はなかったが、祥子も女教師には見えなかった。

「祥子の穴にも飽きてきたところだったんだ。ちょうどいいタイミングで新しい穴が来たな」

そう言うなり、中尾は祥子の穴からペニスを出し、抱きつく祥子の裸体を押しやった。あっ、と祥子が汗ばんだ裸体を背後に倒していく。

「真中先生っ」

里央は祥子に目を向けていたが、そばに正座している麗の瞳は、祥子の穴から出てきた理事長のペニスに向いている。それは先端からつけ根まで、体育教師の愛液でぬらぬらだった。

「皆川先生がパンティを脱いで跨ってくるのなら、すぐに自由にしてあげますよ」

「しません……」

里央はかぶりを振る。

「じゃあ、しかたがない。麗の穴に入れるか。大金が入ってこないのは惜しいが、別の穴に入れたくてしかたがないんだよ。麗、跨ってこい」

そばに座る女子生徒に向かって、理事長がそう言った。すると、はい、と麗は素直にうなずき立ちあがると、中尾の腰を白い足で跨ごうとしはじめる。

「だめっ、尾崎さんっ、だめっ」

里央は心の奥から叫んでいた。

麗がちらりとこちらを見たが、すぐに中尾のペニスに視線を戻し、跨いでいく。すると、処女の花唇と理事長の鎌首が接近する。

「だめだめっ。入れるのなら、私に入れてくださいっ」

里央は叫んでいた。

2
「祥子、はずしてやれ」

中尾が言う。鎌首は麗の割れ目に触れている。ちょっとでも突きあげれば、すぐに処女膜を突き破る状況だ。

「あ、あの……私は……」

祥子が聞く。

「蛭田くん、祥子の穴に入れたいか」

ずっと友理奈の花びらを舐めている蛭田に、中尾が聞く。そこでやっと蛭田が友理奈の恥部から顔をあげた。口のまわりが愛液だらけになっている。

蛭田は祥子の裸体を値踏みするように見ると、ください、と言った。それを聞いて、祥子がひいっと声をあげる。

「どうした、祥子。蛭田の牝はいやか」

「理事長の牝のままでいさせてくださいっ。祥子、なんでもしますからっ」

「じゃあ、皆川先生の手錠をはずせ」

「理事長っ」

「はやくしろっ」

中尾が言い、祥子が里央をにらみつける。

「真中先生……」

里央は理事長の牝になる気などさらさらない。ただただ教え子の処女膜を肉の凶器から守りたいだけだ。

里央は処女ではない。これまでふたりの男性とつきあった。はじめての男性は大学の同級生、ふたりめは年上の会社員だった。ふたりめの男性で、里央は女として目覚めていた。

だから……だから……麗よりは……痛手を受けなくて済むはずだ……なにより、かわいい教え子の処女が、肉欲まみれの理事長のペニスで破られるのを黙って見ているわけにはいかない。

「もう、入れていいですか」

蛭田が聞く。

「いいぞ。喜べ、祥子。蛭田くんは童貞なんだよ」

中尾が言う。鎌首はまだ麗の花唇のそばにある。恐ろしい精神力だ。それとも金への執着か。

「えっ……」

蛭田が作業着のズボンをブリーフとともにさげた。

勃起したペニスがあらわれた。先端が異常に張っていた。握りこぶしがペニスの先端についている感じだ。そのペニスの胴体には、静脈が瘤のように浮きあがっている。

それを目にした美桜が、ひいっ、と声をあげる。はじめて蛭田のペニスを目にしたのか。それとも勃起したペニスそのものをはじめて見たのだろうか。

麗と友理奈は熱い眼差しを、先端が異常にふくらんだグロテスクな用務員のペニスに向けている。

その目を見ただけで、麗と友理奈がかなり調教されていることがわかる。美桜はまだまだただのようだ。

入れられることになる祥子はまっ青になっている。

蛭田が里央の手錠をはずそうとしている祥子の背後に立った。尻たぼをつかみ、ぐっと開く。

「い、いやっ」

祥子がヒップを逃げるようにうねらせた。

「どうした、祥子。蛭田くんの穴になるのはいやか」

中尾が聞く。

「い、いいいえ……穴になりたいです」

「喜べ。最初の牝になるんだ」

中尾がそう言うと、蛭田が野太すぎる鎌首をバックから祥子の割れ目に押しつけていく。

「あ、ああっ、裂けるっ。おま×こ、裂けますっ」

祥子がまたも逃げようとする。すると、ぱんぱんっと尻たぼで平手が鳴る。

瘤のような先端が、祥子の中に入っていく。

「ううっ」

里央の目の前で、祥子が汗ばんだ美貌を反らせる。眉間に深い縦皺が刻まれる。

「う、ううっ、大きいっ……ああ、裂けるっ。おま×こ、裂けますっ」

「裂けるもんか」

中尾が言い、鎌首で麗の割れ目をなぞった。すると、麗のほうから割れ目を押しつけていった。

「やめろっ」

中尾があわてて、麗の瑞々しい裸体を押しやる。胸もとの深紅のネクタイが大きく揺れた。

麗は中尾にあらためて抱きつき、割れ目を鎌首に押しつけていく。

だめっ、という里央の叫びと、やめろっ、という中尾の声が響きわたる。そこに、裂けるっ、という祥子の悲鳴が重なる。

中尾は麗の処女膜を破る気はさらさらないようだ。里央が犠牲にならなくても、三人の女子の処女膜は守られる気がした。

でも、わからない。すでに蛭田も恐ろしいペニスを出している。今は体育教師の中に入っているが、いつ気が変わるかわからないのだ。祥子で童貞を卒業して、おんなの穴に入れる喜びに暴走するかもしれないのだ。

祥子が蛭田の突きに、ひいっと絶叫しつつ、里央の手錠をはずした。足もはずすべく、上体を倒す。すると、蛭田に向けてぐっと尻を突きあげるかっこうになり、さらに深く入っていく。

「あうっ、壊れるっ。ああ、祥子のおま×こ、壊れますっ」

祥子が汗ばんだ裸体をがくがくと震わせる。

「ああ、締まりますっ。ああ、すごい締めつけだっ。おま×こ、ああ、おま×こっ、最高だっ」

「そうだろう。おま×こがよさそうだから、我が学園の教師にしたんだ」

中尾が言う。

「穴要員で雇ったんですね」

「そうだ。もちろん、皆川先生もそうだぞ」

中尾が言う。

「えっ……そ、そんな……」

「まさか教師としての力量を買われて、雇われていると思っているのかな」

中尾が笑う。その間に、祥子がひいひいよがりつつ、里央の足の錠もはずした。里央は自由になった。でも、動けなかった。

理事長の穴になるために、この学園に請われた……理事長が用があるのは、私の穴だけ……女子たちのかわりになる穴だけ……。

「ほらっ、はやく来い、皆川先生」

椅子に座ったまま、中尾が呼ぶ。

「私の処女膜を破ってくださいい、理事長っ」

いきなり、友理奈が叫んだ。

えっ、と中尾だけでなく、麗に美桜、そして里央に祥子、蛭田まで驚きの目を友理奈に向ける。

「皆川先生は関係ありませんっ。穴に入れたいのなら、私の、友理奈の穴に入れてくださいっ」

美貌を引きつらせながら、友理奈がそう言う。すると、その隣で両腕を万歳のかたちにあげている美桜も、

「私の処女膜を破ってくださいっ」

と叫んだ。

「ほう、素晴らしい犠牲の心だな。きみたち、それでこそ名門M女学園の生徒だ。理事長としてうれしいよ」

そう言うと、中尾が麗の裸体を押しやるようにして立ちあがった。祥子の愛液でぬらぬらのペニスを揺さぶりつつ、円形の台にあがっていく。

「い、入れてください」

そう言うものの、肉の凶器が割れ目に迫ると、友理奈が裸体をぶるぶる震わせはじめる。それにつれて、乳房の谷間にある深紅のネクタイも震え出す。

「欲しいか、友理奈」

「ほ、欲しいです」

そうか、と中尾が鎌首を友理奈の割れ目に近づける。すると、

「だめっ、理事長っ。私にっ、美桜にくださいっ。美桜、理事長に破ってほしいですっ」

美桜が叫ぶ。

「聞いたか、蛭田くん」

「はい。さすが理事長ですね。女子生徒に慕われています」

祥子の中にバックから入れたまま、用務員がそう言う。童貞を卒業した感慨に耽っている顔だ。

「理事長っ、美桜にっ」

美桜が叫びつづける。

そうか、と友理奈の割れ目から隣の美桜の割れ目へと矛先を移動させる。

「だめだめっ。友理奈を破ってっ。美桜さんはだめっ。友理奈を破ってくださいっ。友理奈を女にしてくださいっ」

友理奈が叫ぶ。

「素晴らしいぞ。きみたちを誇りに思うぞ」

と言いつつ、中尾が美桜の割れ目に鎌首を当てる。すると、

「いや」

美桜が腰をずらした。

「どうした。わしのち×ぽで処女膜を破られたいんじゃないのか」

「は、はい……」

じゃあ、行くぞ、と中尾があらためて割れ目に鎌首を押しつけようとする。いや、と美桜が再び腰をずらすと同時に、だめですっ、と里央は椅子から立ちあがり、理事長の腰をつかんだ。

こちらに向かせると、その場にしゃがみ、すぐさま咥えていった。

一気に根元まで頬張る。もちろん、好きでもない男のペニスを口にするなんてはじめてだ。すぐにでも吐きたかったが、教え子の処女膜を守るにはペニスを遠ざけるしかない。

里央はすべて口にしたまま吸っていく。

「ああ、ああ、いいぞ……里央……」

理事長から呼び捨てにされる。

もう、私は教師ではなくなっている。女子のかわりになるただの穴だ。

「あ、ああっ、ああっ、すごいっ、おち×ぽ、すごいですっ」

壊れると言っていた祥子が、急に歓喜の声をあげはじめる。

「聞きましたか、理事長。牝なんてこんなものです。どんなち×ぽでもすぐに慣れて、うれしそうにからみついてくるんです」

と言いながら、蛭田が祥子をバックから突きつづける。

「ああ、いいぞ。なかなかうまいな、里央」

スーツ姿の中尾はうなりつづけている。

「そろそろ、わしも穴に入れるか。穴を出せ、里央」

中尾が言う。理事長の言葉とは思えない。里央は美貌を激しく上下させる。このまま口に出させようと思ったのだ。

「あ、ああっ、こすれるっ。おち×ぽ、おま×こにこすれるのっ」

すぐそばで祥子がよがり泣きつづけている。

「すごいじゃないか、蛭田くん。童貞卒業と同時に、女教師をよがらせるなんて」

「理事長のおかげです。感謝します」

と言いつつ、ぱんぱんっと祥子の尻たぼを張る。すると祥子は、あんっ、と甘い声をあげて、つながった双臀をうねらせる。

「いつまで咥えているっ。穴を出せ」

中尾のほうからペニスを引こうとする。里央は放すまいと強く締めていく。

「口に出させようなんて、百年はやいわっ」

そう言ってペニスを抜くと、里央の唾液に塗りかわったペニスで、ぴたぴたと頬を張ってきた。

「う、うう……」

ペニスビンタの屈辱に、里央は耐える。

「いやなら、処女膜を破るだけだ」

「そんなこと、できないはずですっ」

里央は言った。すると、中尾は麗を引き寄せ、その場に押し倒すと、両足をぐっと開いていった。麗はうつろな瞳を中尾のペニスに向けている。完全に、ＪＫ牝として調教済みだ。

こんな女子の処女膜を破るなんて絶対ないと、里央は思った。中尾は金の亡者だからだ。

だが、中尾は里央の唾液で絖光る先端を、麗の割れ目に当てていった。

みはじめた。

「ください、理事長」

麗は素直にそう言う。だめっ、と友理奈と美桜が叫ぶなか、鎌首が割れ目にめりこ

「入れるぞ、麗」

3

だめっ、と里央は理事長にぶつかっていった。中尾を倒すと、スカートの中に手を入れて、パンストとパンティを一気に引きさげる。

スカートをたくしあげ、剝き出しの恥部をあらわにさせると、仰向けに押し倒した中尾の股間を白い太腿で跨いだ。

中尾のペニスは天を衝いていた。

里央はそこに向けて、割れ目をさげていく。こんなかたちで、自分から男性とつながったことなどなかった。生徒を思う気持ちが、里央を大胆な女にさせていた。

割れ目に鎌首が触れた。そこで、里央は止める。

「ああ、ああっ、イキそうっ、祥子、イキそうですっ」

体育教師のよがり声だけが響いている。

「おま×こ、最高ですねっ。ああ、おま×こ、おま×こっ」

蛭田が嬉々とした表情で腰を振っている。陰鬱としたふだんの蛭田とはまったく別人のようだ。

「どうした、里央。穴をくれ」

そう言って、中尾が里央を見あげる。自分からは突きあげてこない。女教師から穴をさし出すのを待っているのだ。

「いやなら、処女膜を破るだけだ」

中尾が起きあがろうとした。里央は、だめっ、と叫び、一気に腰を落としていった。ずぶずぶっと理事長のペニスが垂直に入ってくる。

「あうっ、うう……」

前戯もなにもしていなかったし、相手は好きでもない男だが、里央の媚肉は濡れていた。だから、痛くはなかった。むしろ、理事長のペニスに身体が痺れていた。

「おう、いいぞ、里央。濡らしているとはな」

中尾が里央を見あげ、にやりと笑う。どうして濡らしているのか、里央自身わからなかった。むしろ、濡れにくい体質だったのだ。キスもなしに、前戯もなしに、濡れるなんてありえなかった。

中尾のペニスが完全に入った。

「あ、ああっ、い、イク、祥子、イクイクっ」

すぐそばで、体育教師がいまわの声をあげた。

「ああっ、締まるっ。出る、出るっ」

おうっ、と雄叫びをあげて、蛭田が腰を震わせた。満面に笑みを浮かべている。こんなに幸せそうな蛭田をはじめて見た。いつも世の中を恨んでいるような表情の蛭田もこんな顔をするのだと思った。

「なに、じっとしている。腰を振るんだ、里央」

ぱんっと尻たぼを張られた。はいっ、と返事をして、里央は腰をうねらせはじめる。

生まれてはじめての女性上位。自分から腰を振るのもはじめてだ。

「あ、ああ……」

すごく淫らな女になった気がする。生徒の処女膜を守るためとはいえ、自分から理事長のペニスを求め、自分から腰をうねらせているのだ。

「あっ、なにっ、えっ、なにっ」

すぐそばで、荒い息を吐いていた祥子が驚きの声をあげた。見ると、蛭田が祥子をバックから突いている。

「あ、ああっ、うそうそっ、今出したのにっ、どうしてっ」

「ああ、いいぞっ。おま×こ、いいぞっ」

中出ししたのに、勃起したままのようだ。蛭田は嬉々とした表情のまま、祥子をバックから突きまくっている。

「いい、いいいっ、おち×ぽ、おち×ぽ、いいのっ」

祥子は四つん這いの裸体をあぶら汗まみれにさせている。

「すごいな、蛭田くん」

「四十年分の中出しは、一発くらいでは足りませんから」

そう言って、ひたすらバックで女教師を突きつづける。

「体位を変えたらどうだ」

中尾が言う。

「いや、一秒でも、おま×こからち×ぽを抜きたくないんですよ。ああ、ずっとこのまま入れていたいです」

表情だけでなく、声まで弾んでいる。

いきなり中尾が下から突きあげてきた。

「ひいっ」

ずどんっと子宮を突かれ、里央は叫ぶ。

「おう、よく締まるぞ、里央。採用面接のとき、おま×こが締まりそうだと思ったんだが、わしの勘は当たったな」

「えっ……」

締まりがよさそうだから、採用したのか……。

「いい、いいいっ、いい、いいっ」

祥子が錯乱したように頭を振っている。

「ああ、おま×こ、ああ、おま×こっ」

蛭田は尻たぼに十本の指を食いこませ、バネを利かせるようにして激しくペニスを打ちこんでいる。腰骨が当たるたびに、ぴたぴたと音がしている。

「ああ、またイキそうっ、ああ、祥子、もうイキそうですっ」

イクっ、と叫び、祥子がぐっと背中を反らした。

「おうっ、ち×ぽが食いちぎられるっ」

蛭田が獣の咆哮《ほうこう》をあげて、腰を震わせた。はやくも二発目を出したのだ。

「ひいっ、イクイクっ」

祥子はみたびいまわの声をあげて、弓なりの裸体をがくがくと痙攣させた。

「凄まじいな。こちらもケツから入れるか」

四つん這いだ、と言われ、里央は腰を引きあげる。奥まで突き刺さっていたペニスが抜けていく。鎌首が逆にこすってくるのがたまらず、はあんっ、と甘い声をあげてしまう。

艶《つや》めいた響きに、里央はドキリとする。自分もこんなエッチな声をあげるのだと。

しかも、相手は恋人ではないのだ……むしろ、軽蔑する男なのだ……。

祥子がはあはあと荒い息を吐きつつ、床に突っ伏している横で、里央は四つん這いになる。祥子は全裸だったが、里央はジャケットにブラウス、そしてスカートを身につけたままでいる。

三人の女子たちも、深紅のネクタイや紺のハイソックスを身につけてはいるものの、裸のようなものだ。女性の中では、里央だけが服を着ている。それでいて入れるための穴だけあらわにさせている。

服を着ているのに、たまらなく恥辱を覚える。まさに、入れるための穴だけの女教師に思えるからだ。

里央はジャケットを脱ごうとした。すると、そのままでいい、と理事長に言われた。

「穴だけを出していればいい」

「理事長……」

里央は四つん這いの姿勢で、スカートをたくしあげていく。

「あっ、えっ、うそ、うそっ」

隣で祥子が大声をあげる。

「どうして、大きいのっ、えっ、もう二回も出したのにっ」

「二回くらいじゃ足りないぞ、祥子。四十年ためていたんだからな」

「で、でも……あ、ああっ、ああっ、おち×ぽっ」

驚くことに、蛭田は抜かずのまま、三発目に向かって腰を動かしはじめていた。

「あ、あああっ、ああああっ、おち×ぽ、おち×ぽ……」

祥子は半開きのまま閉じることのない唇から、涎を垂らしている。

そばに麗が正座をしていたが、呆然とした表情で祥子を見ている。友理奈と美桜も獣の肉交を見るような目で祥子と蛭田を見ていた。

連続で用務員に責められている祥子を見て、自分が身を捧げてよかったと思った。

万が一、蛭田に女子たちが処女膜を破られたら、一生、身体と心の傷が残るだろう。

ずぶりとバックから理事長のペニスが入ってきた。

「あうっ……」

一撃で、里央はイキそうになった。

「おう、よく締まるぞ。ああ、やっぱり、ち×ぽは穴に入れないとな、蛭田くん」

「そうですねっ。ああ、ち×ぽはおま×こに入れて一人前だとよくわかりましたっ」

蛭田はまったく別人だった。いきいきとした表情で、体育教師を突きつづける。

里央の中でも、理事長のペニスが激しく動き出す。

「あ、ああっ……ああっ」

里央の脳天で火花が散る。どうしてこんなに感じるのか。隣でよがりつづける祥子に感化されているのだろうか。

背中に流れる黒髪をつかまれた。手綱のように引きあがられる。

あうっ、と上体を反らせると、隣で、いいっ、と祥子も上体を反らせていく。祥子はショートカットゆえに、髪を引っぱられているわけではない。突かれて、弓なりにさせているのだ。

「穴はたまらんな」

「はいっ。穴、穴っ、おま×こ、おま×こっ」

理事長と蛭田は並んで、ふたりの女教師をバックから突きつづけた。

「ああ、ああ、また、また、イキそうっ」

祥子が舌足らずに叫ぶ。

「ああ、出そうだっ、里央っ。このまま出すぞっ」

「あっ、中は……いけませんっ」

「どうしてだっ。穴教師は中出しが当たり前なんだっ」

「だめっ、中はだめっ」

「祥子を見ろ。もう二発も中に受けているんだぞ」

「中はゆるしてくださいっ」

そう叫ぶと、いきなり中尾がペニスを引き抜いた。そしてそばに正座している麗を押し倒すと、里央の愛液まみれの鎌首を割れ目に押しつけていく。

「中にザーメン欲しいか、麗」

「ああ、欲しいです。麗の処女膜を破って、ああ、中にザーメンを浴びせてくださ い」

麗が潤んだ瞳で理事長を見つめつつ、そう言う。そう言わされているのではなく、心からザーメンで穢されたがっているように見えた。

「よしっ、破ってやるっ。かけてやるっ」

興奮しきった中尾が鎌首をめりこませようとした。里央は四つん這いのかたちを解き、だめっ、と中尾を押しやった。すると、割れ目から離れた鎌首からザーメンが噴き出した。

勢いよく噴き出したザーメンは宙を飛んだ。

4

「そのあと、床にたまったザーメンを皆川先生が舐め取りました」

「そうか」

「友理奈と私も手錠をはずされ、ふたりで中尾のペニスを舐めさせられました」

「そうか」

警視庁刑事部捜査零課のオフィスは、異様な空気に包まれていた。

美桜が語る報告という名のエロ話に、等々力も田所もずっと生唾を飲んで聞き入っていた。

「舐めていると、すぐに大きくなって、中尾はまた、皆川先生に入れました」

「用務員は三発目を出したのか」

「はい。三度目を真中先生の中に出して、そのまま突きつづけました」

「抜かずの三発のあと、まだ勃っているのかっ」

等々力が叫ぶ。

「そ、そんなに……あ、穴は、おま×こはいいものなんですか」

童貞警部補の田所が聞く。

「そうだな。いいものだな」

「ああ、俺も蛭田になりたいですっ。蛭田とかわりたいですっ」

半泣きの顔で、田所が叫んだ。犯罪者を羨《うらや》ましがっている。

「おそらく、近日中に尾崎麗は競りにかけられるはずです」

「そうだな。尾崎麗はかなりＪＫマゾ牝度が進んでいるからな。出荷しても大丈夫だろうな」

「どうしますか」

「麗には悪いが、放っておこう。白石、おまえはいつ頃競りにかけられそうなんだ」

等々力が聞いてくる。その目は異様な光を帯びていた。

「私……」

「なんだ」

「中尾が出したザーメンを友理奈といっしょに舐めながら、すごく身体を熱くさせていました」

美桜は素直に告白した。ザーメンだまりを舐めて感じた、ということを上司に話すことで、あらたな喜びを覚えていた。

「そうか。おまえも出荷が近いな」

「友理奈といっしょに競りに出されるようにします」

「友理奈のほうが調教は進んでいるんだろう」

「はい……でも、追いつきます……友理奈の処女膜は絶対、私が守ります。皆川先生が身体を張って守ったように……」

美桜の瞳は妖《あや》しく潤んでいた。

十日後——。

「あっ、あんっ、はあんっ」

「やんっ、あんっ、あっんっ」

放課後の理事長室の奥の部屋。ふたりの女子の喘ぎ声がずっと流れている。

友理奈と美桜は円形の台の上に、いつものように両腕を万歳するようにして手錠をはめられていた。深紅のネクタイを乳房の谷間に垂らし、紺のハイソックスに上履きも履いていた。

いつもと違うのは、向かい合っていることだ。向かい合って、乳房と乳房、恥部と恥部をこすりつけ合っていることだった。

ＪＫマゾ化が進んでいる友理奈のほうが積極的に乳房と股間をこすりつけてくる。美桜は受け一方だ。

友理奈の乳首も美桜の乳首もとがりきり、お互いの乳首をなぎ倒している。クリトリスもそうだ。美桜のクリトリスが友理奈のクリトリスで押し倒されている。

乳首とクリトリスからじんじんとした刺激を覚える。

「よし、こっちを向け」

蛭田が言う。ずっと爛々とした目で美貌の女子生徒たちのレズプレイを見ていた。

祥子の穴で男になって、蛭田は変わった。校内でも昏い目で女子を見ることはなく、ぎこちない笑顔で挨拶をしてくるようになった。

だが、クラスの女子の間では、それが気持ち悪い、と評判が悪い。美桜は、蛭田がちょっとかわいそうだな、と思った。昏い目をしていたら気持ち悪がられ、明るく振る舞おうとすると、それも気持ち悪いと言われている。

蛭田がふたりの前にしゃがみ、処女の花唇を開いていく。まずは友理奈だ。

「あ、ああ……恥ずかしいです……」

友理奈は太腿をすり合わせる。だが、羞恥の息は熱く、目はとろんとしている。

「ぐしょぐしょですね。ちょっと濡れすぎなくらいです」

蛭田が言い、どれどれ、と中尾が革の椅子から降りて蛭田の隣に顔を寄せる。ふたりで女子の処女の花びらを見つめる。

「はあっ、ああ……あんっ」

「ほう、花びらが誘っているな。かなりいい具合に仕上がってきているな」

「麗同様、競りに出してもいいですね」

「そうだな」

美桜はどうだ、と中尾自らが先に美桜の股間に移動し、割れ目に触れてくる。前までは、膝蹴りを中尾の顔面に食らわしたいという衝動を抑えていた。けれど最近、そんな衝動は起こらなくなっていた。

今も友理奈同様、恥ずかしいです、とかすれた声をあげて、下半身を恥じらいにくくなさせている。

これは演技ではなかった。ＪＫ牝としての自然な反応だった。潜入捜査としてはいいことだと思いつつ、反撃しなくてはいけないときに身体がちゃんと動くか心配になっていた。

中尾が割れ目を開く。中尾の視線が、美桜の処女の花びらを灼《や》く。

「はあっ、ああ……恥ずかしいです、理事長」

「こっちもいい具合に濡れているな」

「このところの美桜のマゾ度のあがりようが凄まじいです。あの、ご提案なんですが」

蛭田が言う。ふたりの視線は美桜の花びらから離れない。

「なんだ」

「友理奈と美桜、セットで競りにかけたらどうでしょうか」

「セットか」

「相乗効果を生んで倍以上の値がつくのではないかと思います。おそらく処女膜二枚で三千万はいくかと」

「三千万……この処女膜なら、ありえるな」

「競りでもレズプレイを披露させればいいのではないかと」

「そうだな」

「ああ、ずっと処女膜を見ていたら、ああ、穴に入れたくなってきました」

蛭田は振り向くと、そばで控えている体育教師に向かって、

「穴だっ」

と言った。すると、ビキニ姿の祥子はボトムを脱ぎ、立ちあがった蛭田の足下に膝をついて、作業ズボンをブリーフとともにさげていく。

「友理奈は仕上がっていますから、今日は美桜を集中的に調教しましょう」

蛭田が言う。祥子の穴で男になってから、発言も積極的になっていた。

はじけるように勃起させたペニスがあらわれる。瘤のような先端は、はやくも我慢汁だらけだ。これは童貞のときと変わらない。蛭田はいつも、四十年分のザーメンをまだまだ出しきっていないと言っている。

そのザーメンをひたすら穴に注がれる祥子を最初は気の毒に思っていたが、四つん這いになってヒップをさしあげている体育教師を今、美桜は妖しく潤ませた瞳で見つめていた。

「そうだな。よろしく頼むぞ、蛭田くん」

そう言うと、中尾が革の椅子に戻る。

「あうっ、ううっ、大きいです……」

蛭田の瘤のような先端が、祥子の尻の狭間に消えていく。何度入れられても、最初は苦痛を訴える。だがすぐに、瘤でおま×こをこすりあげられる快感によがりはじめるのだ。

「ああっ、あああっ、い、いいっ」

前戯もなしに、いきなり突かれて、祥子は愉悦の声をあげる。

その声で、室内の空気が一気に淫猥に変わる。

蛭田は祥子をバックで突きつつ、友理奈の前から美桜の前へと移動してくる。

「ほらっ、抜けたら、ゆるさんぞっ」

ぱんぱんっと祥子の尻たぼを張りつつ、蛭田がそう言う。はいっ、と祥子は尻を高々とさしあげたまま、ペニスが抜けないように動いている。

蛭田が美桜の前にしゃがんだ。クリトリスを摘まんでくる。

「あんっ」

それだけで快美な電気が流れ、美桜は両腕をあげている裸体を震わせる。

蛭田は右手でクリトリスをいじりつつ、左手の手のひらを太腿の内側に這わせる。

「はあっ、ああ……」

太腿の内側も感じている。

左手の手のひらが太腿をさがり、膝の裏のひかがみをなぞりはじめる。

「あ、ああ……ああ」

そんなところまで感じる。もう、全身性感帯だった。しかも、相手は好きでもない男なのだ。

美桜は放課後の調教を受けつづけているうちに、蛭田の愛撫になじんでいた。今は校内で蛭田の姿を目にするだけで、乳首がとがり、パンティの奥がしっとりと湿った。

蛭田はクリトリスをいじりつつ、顔をぐっとさげた。ペニスは祥子の穴に入ったままだ。きっと穴に入れていないと、美桜の処女膜をすぐさま突き破りそうなのだ。

女子たちの処女膜を守るために、祥子の穴はあった。

蛭田は美桜の右足をあげると、指にしゃぶりついてきた。

「あっ、それっ……ああっ」

指舐めにも、じんじん痺れる。足の先から下半身がとろけていく。

「俺も穴がいるな」

中尾が上着のポケットから携帯電話を出し、

「里央か。すぐに来てくれ」

と言う。

「すぐだ。すぐ来ないと、友理奈の処女膜を破りそうだ」

だめっ、という里央の声が美桜にも届く。女子の処女膜を守るための穴が、もうひとつやってくる。

「ケツの穴もやっておきましょう」

そう言うと、蛭田が祥子の穴からペニスを抜き、背後にまわってくる。ペニスが穴から抜けたとたん、恐怖が湧いてくる。

肉の凶器が背後にある。蛭田の気が変わって、立ちバックで突かれたらお終《しま》いなのだ。だが、美桜は恐怖を感じつつも、そうなったら、私の身体はどうなるのだろう、という肉の疼きも覚えていた。

蛭田に処女膜を破られることを想像し、花びらを大量に濡らしていた。

尻たぼをぐっと開かれた。

「きれいなケツの穴だ、美桜」

蛭田がそう言うと、

「あ、ありがとうございます……」

と、ごく自然にお礼の言葉が出る。そう言うように躾《しつ》けられているのだが、美桜の身体にしみこんでいた。

ＪＫ牝奴隷として、かなり調教が進んでいることを美桜自身が知る。

ぺろりと尻の穴を舐められた。

「あっ……」

おぞましさに鳥肌が立つ。

「ああっ、おち×ぽっ」

後ろで祥子の歓喜の声があがる。美桜の尻の穴を舐めつつ、祥子の穴に入れたのだ。

処女膜を破られる心配はなくなったが、どこかそれが残念でもある。

ぞろりぞろりと蛭田の舌が美桜の肛門を這う。右手は蟻《あり》の門渡《とわ》りから前に伸ばし、クリトリスを再び摘まんでくる。

「ああっ」

さっきよりもっと、クリいじりに感じていた。

5

里央が理事長室の奥の調教部屋に入ってきた。紺のジャケットに白のブラウス、そして紺のスカートにストッキング姿だ。

今日は二時限目に里央の英語の授業があった。里央は美桜と目が合うと、視線をそらしていた。美桜だけでなく、麗、そして友理奈と目が合っても、視線をそらした。

麗は一週間前に、競りにかけられ、落札されたと聞いている。

麗は落札者のペニスによって処女膜を破られ、女になっていた。実際、一週間前と今では、麗は違って見えていた。ぞくりとくるような蒼い色香を感じるようになっていた。

麗はJK牝として落札者のザーメンまみれになっていても、その輝きが失われることは微塵もなかった。むしろ、落札者のザーメンを穴の奥で受けて、女として開花したようだった。

そんな麗を見て、美桜は女という生き物の怖さを感じていた。

私も麗のようになるのだろうか。いや、私と友理奈は競りで落札されても、処女膜を失うことなはない。その前に管理売春の罪で、中尾たちを一網打尽にするからだ。

里央は尻の穴を舐められている教え子を見て、悲しそうな表情を浮かべる。それでいて、中尾の前でパンストをさげ、パンティをさげていく。パンティは、女子たちと同じ純白のTバックだ。ただ教師のは、フロントがシースルーになっていた。

穴だけを露出させると、里央は失礼します、と言って、中尾のスラックスのジッパーをさげていく。

その間も、おち×ぽいいっ、という祥子のよがり声が響きわたっている。

勃起したペニスがあらわれた。どうしても見てしまう。すると、ほう、と蛭田が言った。

「今、尻の穴が締まりましたよ、理事長。理事長のち×ぽを見て、尻の穴が反応したんです」

「そうか。それはいい。いやあ、競りにかけるのが惜しいよな。ああ、友理奈も美桜も入れたくなる。ああ、ザーメンを出しつくさないと、本当に入れてしまいかねないな。ほらっ、跨ってこい」

中尾が里央の髪をつかみ、引っぱる。あうっ、とうめき、里央がスカートをたくしあげたまま、中尾の腰を跨いでいく。

ちょうど、美桜から中尾のペニスが垂直に女教師の中に入っていくのが見えた。

「あうっ」

里央が背中を反らす。おう、と中尾もうめく。

「もう、ぐしょぐしょじゃないか、里央。まさか、こんなぐしょぐしょで授業はやっていないよな」

そう聞きつつ、中尾がぐぐっと突きあげていく。

「あうっ……理事長からお電話をいただいてから……濡らしました」

火の息を吐くようにそう答え、里央自身もヒップを上下させはじめる。

「あ、ああ……ああっ」

中尾のペニスが里央の尻の狭間に呑みこまれ、そして出てくる淫絵から、美桜は目を離せなくなっていた。それどころか、穴に欲しい、とさえ思いはじめていた。

「また尻の穴、締まりました」

ううっ、とうめき舌を抜くと、蛭田がそう報告する。

「そうか。友理奈も美桜も、わしのち×ぽを欲しそうに見ているんだ」

中尾がにやにやしつつ、友理奈と美桜を見つめる。里央の穴に入れてはいたが、気持ちは女子たちの穴に入れているのだろう。

友理奈も見ていると言われて、美桜は隣を見る。友理奈は熱い眼差しを女教師の臀部に向けていた。中尾に指摘され、美桜に見られても、視線を変えることはなかった。

「ふたりの花びらを見てくれ」

中尾が言う。はい、と蛭田が返事をして、前にまわってくる。再び祥子の穴からペニスが抜ける。思わず、美桜は蛭田のペニスを見てしまう。瘤のような先端からつけ根まで、女教師の愛液でねとねとだった。

横を見ると、友理奈も蛭田のペニスを見ていた。唇が半開きになっている。

ＪＫ牝調教を受けつづけ、美桜も友理奈も処女のくせしてペニスを欲しがる身体になっていた。しかも、好きでもない男のペニスを欲しがっているのだ。

蛭田がふたりの間にしゃがみ、左手で友理奈の割れ目を開き、右手で美桜の割れ目を開いた。

「ああ、すごい。処女膜が誘っていますよ」

蛭田が言う。

「きらきら光っています。ああ、なんてきれいなんだ」

蛭田が感嘆の声をあげる。

「そうか。誘っているか。それはいい」

蛭田が急に押し黙った。じっと友理奈の花びらを見つめている。瘤のような先端から、どろりと大量の我慢汁が出るのが見えた。

蛭田が立ちあがった。そして、いきなり我慢汁だらけの鎌首を無防備にさらされた友理奈の割れ目に当てていった。

「蛭田くんっ、なにをしているっ」

やめさせろっ、と中尾が祥子に向かって叫びつつ、対面座位でつながっている里央を押しやろうとする。

祥子が、いけませんっ、と蛭田の腰に抱きついていった。割れ目にめりこもうとしていた瘤のような先端がずれた。先端があまりに太いゆえに、すぐに入らなかったのだ。並の鎌首なら、すでに友理奈の処女膜は破られていた。

「放せっ、牝教師っ」

と叫び、蛭田が懸命に腰に抱きついている祥子を振り払おうとする。

処女膜を散らされそうになった友理奈は騒ぐことなく、むしろ欲しそうに、弾むペニスを見ている。

邪魔だっ、と蛭田が祥子を振りきった。

「入れるぞっ」

と叫び、あたらためて友理奈の割れ目に瘤のような先端を向けていく。

やめろっ、やめてっ、と今度は中尾と里央のふたりで、蛭田の腰に抱きついていった。またも、めりこむ手前で瘤がずれた。

「邪魔するなっ」

中尾と里央をにらむ蛭田の目には狂気の光が宿っていた。誘ってくる友理奈の処女膜に魅了されて、常軌を失っているようだ。

そんな蛭田と、妖しい目でペニスを見つめる友理奈を、美桜は呆然と見ていた。

「蛭田っ、正気に戻れっ」

中尾が蛭田にびんたを見舞う。だが、蛭田が邪魔だっ、と理事長の鳩尾《みぞおち》にパンチをめりこませる。

ぐえっ、と中尾が膝を折った。理事長っ、と里央と祥子が中尾の様子を見る。

蛭田が異常に取り憑かれた目で、あらためて友理奈の割れ目に瘤のような先端を押しつけようとしている。

「友理奈をっ、守ってっ」

美桜は思わず叫ぶ。叫びつつ、だめっ、と自由な右足をあげて、上履きの先端で割れ目にめりこもうとしているペニスの先端を突いていった。

ちょんと突いただけだったが、鎌首は急所中の急所であり、ぎゃあっと蛭田が大声をあげた。

美桜はすかさず、ふぐりを上履きの先端で突く。

ぐえっ、と蛭田が膝を折った。

「押さえろっ、蛭田を押さえろっ」

膝を折ったまま中尾が叫ぶ。里央と祥子が蛭田につかみかかって倒していく。ふぐりを蹴られた痛みに力を失った蛭田は、そのままふたりの女教師に倒される。

「ああ、おち×ぽ……」

友理奈はいまだ勃起を続ける蛭田のペニスを熱い目で見つめている。

蛭田がおうっと叫び、里央と祥子を押しあげる。

「ひねろっ、ち×ぽをひねろっ」

中尾が叫び、里央が蛭田のペニスをつかむと、ぐっとひねった。

ぎゃあっ、と叫び、蛭田ががくがくと身体を痙攣させた。

「友理奈の処女膜、凄まじいな」

中尾が感嘆の声をあげている。蛭田は泡を吹いて、白目を剝いていた。


翌日——。

「おはようございます」

美桜が正門を潜《くぐ》ると、男性が挨拶してきた。

おはようございます、と箒を持った作業着姿の男を見ると、蛭田ではなく、温和な表情を浮かべた初老の男が立っていた。

「あの……蛭田さんは？」

「今日から、新しい用務員としてM女学園にお世話になる高田《たかだ》と言います」

初老の男は、次々と校門に入ってくる女子たちに挨拶をしている。

どうやら、蛭田はクビになったようだ。

友理奈の処女膜に眩《くら》んで、それを破ろうとしたのだから、クビになるのもしかたがなかったが、かわりの調教師はいるのだろうか、と思った。

まさか、この温厚な初老の男が新しい調教師なのか、とじっと見つめた。

すると初老の男が、美桜だな、とつぶやいた。

第五章　秘密のＪＫ牝オークション

1

西麻布《にしあざぶ》――。

フレンチレストランの地下にある会員制のバーの扉の前に、等々力は捜査一課第十二班の班長である河合凜とともに立っていた。

今夜、この扉の奥で秘密のＪＫ処女牝奴隷の競りが行われるのだ。

裏で流れる情報をつかみ、競りに参加する権利を得たのは、河合凜警部だった。

――女性同伴となっているの。私が行くわ。

凜が等々力に言ってきた。凜はまだ三十半ばと若くして、捜査一課の班長になった美形の警部だが、零課にもすでにかかわっていた。

白石美桜の処女検査をしたのは凜である。それを頼んだは等々力だ。本当は等々力自身が処女検査をしたかったが、さすがにそれはできなかった。尻張りの痕跡を見るために、ヒップを出させるのがぎりぎりのところだ。

競りに潜りこむ手段は田所に任せていたのだが、凜のほうが先に取ってきた。さすが、仕事ができる。

等々力はスーツ姿だったが、凜は黒のドレス姿だった。ノースリーブで胸もとが大胆に開いている。

さっきからずっと、競りのことよりも河合凜警部のバストのふくらみが気になってしかたがなかった。

「そんなにおっぱい珍しいのかしら、等々力警部」

凜に言われ、いやっ、とあわてて目をそらす。

重厚なドアの横には、暗証番号を入れるプレートがあった。そこに、十二桁の番号を入れるのだ。凜が等々力の耳もとに、警視庁一の美貌を寄せてきた。そして、

「5、8、7……」

熱い息を吹きかけるようにして、番号を告げていく。

等々力は勃起させていた。勃起させつつ、暗証番号を入れていった。十二桁入れると、かちっと鍵がはずれる音がした。と同時に、重厚なドアが開いた。

スーツ姿の屈強な男が出迎えた。背後にはゴールドのビキニ姿の女性がお盆を持って立っている。かなりの巨乳だ。ブラから白いふくらみが今にもこぼれ出そうだ。

「上松《うえまつ》様ですね」

等々力を目にして、男がそう聞いてきた。そうだ、とうなずくと、失礼します、と言って、男が身体検査をはじめた。上着の内ポケットから携帯電話を取り出し、預からせていただきます、と言った。

そして、ビキニ女が持つお盆に携帯電話を乗せる。

「お連れの方も失礼します」

と言って、男がいきなり胸もとから手を入れていった。

なにをする、と等々力は色めき立った。凜も、いやっ、とドレスに包まれた肢体を引く。だが男は構わず、ドレスの胸もとをまさぐる。

失礼しました、と言い、今度はその場にしゃがむと、ドレスの裾に手を入れていった。一気に、太腿のつけ根まで手をあげていく。

いきなり絖白いナマ足がすべてあらわになり、等々力は目を見張った。

「なにをするんですかっ」

凛が大声をあげる。

「いやなら、お引き取り願います」

男は落ち着いていた。生唾ものの太腿を目にしても、表情を変えない。

「私、帰りますっ」

凛は男の手を払い、出ようとする。なかなかの演技だ。

「まあまあ……ＪＫ競り、楽しみだって言っていたじゃないか。こんなもの、めったに見られないぞ」

等々力はなだめる。

「だって、この男っ」

凛が美しくすんだ瞳で男をにらみつける。捜査一課第十二班の班長を務めるくらいだから、もちろん海千山千だったが、それでも目はすんでいた。ここが、河合凛のすごいところだ。

「しかたがないだろう。セキュリティが万全なほうが俺たちも安心できるだろう」

そうだけど、と言いつつ、凛が男の前に戻る。失礼します、とさがったドレスの裾に手を入れて、ぐっと引きあげるなり、パンティの上からそろりと撫でた。

さすがにパンティの奥までは探らなかった。だが、そこが甘い、と等々力は思った。

セカンドバックもあらためめ、そこから携帯電話を取り出すと、どうぞ、と男が奥の扉を開いた。

意外と広い空間だった。正面にステージがあり、それに向かって半円形のカップルシートが並んでいた。

二十ほどあり、すでに七割がた埋まっている。いずれも女を連れている。

「うそ……」

凛がつぶやく。連れの半分の女はすでに乳房をあらわにさせていた。揉まれている乳房もあれば、鑑賞されている乳房もある。キスしているカップルも多かった。

ビキニの女に、ステージに向かって右手のカップルシートに案内された。

すぐそばのカップルシートから、ああ、ああっ、という女の喘ぎ声が聞こえてくる。

「お飲みものはなににいたしますか」

ビキニの女が聞いてくる。等々力はウイスキーをロックで、と言うと、凛はテキーラと言った。

「テキーラ、大丈夫か」

ビキニの女が去ったあと、凛に聞くと、

「一杯だけよ……だって、素面《しらふ》じゃ無理でしょう」

「無理って……」

ドキドキしつつ、等々力は聞く。

「なにもしないわけにはいかないでしょう」

「そうだな……そうだ」

あっ、イクっ、と真後ろから声が聞こえる。左手の女はずっと裸体を上下させている。

女同伴というルールは、ステージがはじまるまで連れの女と楽しんでいてくださいい、ということらしい。逆になにもしないと怪しまれるだろう。瞬時にそう判断して、凛警部は酔うことにしたのだ。

ということは……おいおいっ、捜査一課の華のおっぱいを見られるということか。いや待て、見るだけじゃない。揉めるのだっ。揉めるっ。

ビキニの女がトレーを片手に戻ってきた。どうぞ、と正面の丸テーブルに、オンザロックとテキーラの注がれた小さなグラスが置かれた。

凛はすぐさまグラスを手にすると、一気に呷《あお》った。そして、おかわり、とビキニの女に言う。

「大丈夫か」

「ええ……」

すでに吐く息が熱い。

凜が隣に座っている等々力をじっと見つめてくる。

「ど、どうした」

「なにもしないのかしら。変でしょう」

「そ、そうだけど、いいのか……」

右隣から、いい、いいいっ、という女の嬌声が聞こえてくる。

「いいわけないでしょう」

「そうだよな」

もうっ、と言うなり、凜のほうから剝き出しの右手を伸ばし、等々力の後頭部まで手のひらをまわすと、ぐっと美貌を寄せてきた。あっ、と思ったときには、等々力の口が凜の唇にふさがれていた。

「お待たせしました」

ビキニの女がテキーラの入った小さなグラスをテーブルに置く。

じっと、等々力と凜を見ている、いや、観察している視線をキスする横顔に感じた。

凛も感じたのか、舌で口を突いてきた。等々力が開くと、すぐにぬらりと凛の舌が入ってきた。

「うんっ、うっんっ」

お互いの舌を貪るようなキスへと発展する。

なんてことだっ。捜査一課の憧れの美女とベロチューだっ。しかし、なんて甘い唾液なのか。処女ではないだろうが、清廉な印象が強い。でも、凛も三十半ばなのだ。女として成熟しているのだ。ああ、おいしいっ。ああ、捜査一課第十二班の班長の舌も唾もおいしいっ。

ビキニの女の視線が消えた。すると、凛が唇を引いた。唾液がねっとりと糸を引く。それを啜り取ろうとしたが、等々力が啜る前に、凛がじゅるっと啜り取った。

そしてテキーラのグラスをつかむと、またも一気に呷る。

しなやかな右手をあげる。すると、すうっと別のビキニの女がやってきた。深紅のビキニだ。こちらももちろん美形である。

「テキーラを」

火を吐くように言う。大丈夫か、と聞きたかったが、ビキニの女の前ではまずいかと、口を閉ざしたままでいる。はい、と深紅のビキニの女がさがる。Tバックだった。

ぷりっぷりっとうねる尻たぼを見ていると、右手をつかまれ、胸もとにやられた。

「えっ、り、凜、いいのかい」

ここでは、等々力のことを上松さん、そして凜警部のことは、凜と名前で呼ぶことになっていた。あらかじめ打ち合わせしていたことだったが、いざ凜を呼び捨てにすると、それだけで等々力は我慢汁を出していた。

あの捜査一課第十二班の班長である、警視庁全警察官の憧れの的である河合凜警部を、なれなれしく呼び捨てにしたのだ。

等々力は零課の課長になってよかったと心から思った。

白石美桜巡査の尻たぼを目にしたときも、ちょっとだけよかったと思ったが、今は心の底から最高だと思った。

警視総監に呼ばれ、零課の課長を任命され、部下は田所と美桜だけだと聞かされたとき、自分のキャリアは終わったと思った。終わったことには変わりない気もしたが、それでもいいと思わせる僥倖《ぎょうこう》に包まれていた。

深紅のビキニ姿の女がグラスを持って、やってきた。

等々力はドレスの極細のストラップを一気にさげた。と同時に、たわわに実った乳房がこぼれ出た。

ああっ、なんてことだっ。河合凜警部のおっぱいっ。乳首っ。おっぱいっ。

等々力は深紅のビキニの女の前で、凜の乳房を鷲づかみにした。

「あうっんっ」

凜が半開きの唇から甘い声を洩らす。

凜警部の乳房はやわらかかった。それでいて、五本の指をぐっと押しこむと、奥からはじき返してくる。それをまた揉みこむ。すると、はじき返す。そのくり返した。

「はあっ、ああっ」

凜が等々力にしがみついてくる。失礼します、と深紅のビキニの女が去る。すると左腕でしがみついたまま、右手でグラスをつかむと、等々力にわたしてきた。

「えっ」

「口移しで、ください」

凜がじっと等々力を見つめ、そう言う。息が熱い。正義の光が潜む美しい黒目が、なんとも妖しく絖光っている。

等々力はまたも我慢汁を出しつつ、テキーラを口に含む。そして凜のあごを摘まみ、魅惑の唇を奪うと、テキーラを流しこんでいった。

そのまま舌をからめつつ、乳房を揉みしだいていると、

「お待たせしました」

フロアにマイクを通した男の声が流れた。もっと、凛の舌と乳房を堪能したかったが、等々力は口を引き、手を引いた。

2

フロアが薄暗くなり、ステージが明るくなった。

スーツ姿の男が出てきて一礼すると、

「今回はとびきり上物のＪＫ牝を入荷しました」

と言う。

「最低……」

凛がつぶやく。隣を見ると、妖しい絖りは消えて、いつものすんだ正義の目になっている。それでいて、乳房はあらわなままだ。いつの間にか、乳首が勃っている。そのギャップに、等々力はさらなる我慢汁を出す。

「五四、用意しました。では、一四目」

男が言う。

「あいつ、鼻をつぶす」

凛がつぶやく。

袖からひとりの女子が出てきた。夏服の、白の半袖ブラウスに紺と赤のチェックのスカート。ネクタイは紺だった。

「ほう、清聖《しんせい》学園か」

まわりから男たちの声がする。さすがＪＫ好きの男たちだ。制服を見て、すぐにわかるらしい。

「上松さん、ご存じなかったのかしら」

耳もとに美貌を寄せてきて、凛がそう言う。甘い息を吹きかけられたようで、ぞくぞくする。

「すまない……勉強不足で」

と言いつつ、凛の乳房をつかんだ。我慢できなかったのだ。だが凛は怒ることなく、それどころか、あんっ、と甘い喘ぎを洩らした。手のひらにとがった乳首を感じる。

ＪＫ牝奴隷を競りに出しているのは、Ｍ女学園だけではないことを知った。これはもしかして、かなり大きなＪＫ売春が行われているのかもしれない。かなりの手柄になるかもしれない。

「三年三組、愛《あい》と言います。もちろん、キスも知りません。でも……ああ、でも……全身、性感帯です……愛の身体、吟味してください」

蚊の鳴くような声でそう言うと、愛がネクタイを取り、半袖のブラウスを頭から抜いていく。髪はポニーテールで、ブラウスを抜くとき、大きく揺れた。

ブラは純白だ。ハーフカップからかなりのボリュームのふくらみがのぞいている。

ブラは取らず、チェックのスカートのサイドフックをはずし、ジッパーをさげていく。それを見ながら、等々力は凜の乳房を揉みしだいている。もう手を離すことはできなかった。

スカートを脱ぐ。すると、いきなりすうっと通った割れ目があらわれた。

ノーパンだった。おうっ、とフロアのあちこちで声があがる。サプライズというわけだ。等々力も、おうっ、と声をあげていた。あげつつ、ぐっと凜の乳房をつかんでいた。

凜は、はあっ、と火の息を吐く。

愛はパイパンだった。つるんとした恥丘に、彫刻刀で筋を入れたような花唇が息づいている。中を見なくても、処女だと思わせた。

愛は紺のローファーからチェックのスカートを抜き取ると、背筋をぴんと伸ばし、あらためて紺のネクタイだけをつける。

「清聖学園のシンボルなんだわ」

と言う、凜警部の声が甘くかすれている。ブラだけでステージに立つ処女ＪＫを見て憤るのではなく、身体を火照らせてしまっている。ＪＫに同化しているのか。同化して感じているのか。

まさか、河合凜警部がマゾ……いや、それはありえないだろう。この淫猥な雰囲気に、酔っているのだ。

「処女膜をみなさまにご披露して」

男が言う。はい、と愛がうなずき、白い指を剝き出しの割れ目に持っていく。と同時に、背後に大きなディスプレイがあらわれた。ビデオカメラを持った黒子もあらわれる。

黒子が愛の足下にしゃがみ、カメラのレンズを股間に向けると、愛が自らの指で割れ目をくつろげていった。

大きなディスプレイに、ピンクの花びらがあらわれた。

おうっ、という感嘆の声が、またもフロアのあちこちであがる。当然、等々力もうなっていた。うなりつつ、ぐぐっと乳房を揉んでいた。

どアップの処女の花びら。清廉な匂いしかしない処女膜がはっきりとわかる。それはとても儚げで、ちょっとの刺激で破れそうだ。

「きれいだ……」

思わず、等々力はそうつぶやいた。

「白石も……ああやって、処女膜を披露するのか……」

「そうですね……」

ディスプレイにどアップでさらされている処女の花びらが、じわっと濡れはじめる。

すると、収まっていた喘ぎ声があちこちから聞こえはじめた。美少女ＪＫの処女膜に興奮した男たちが、連れの女のおま×こをいじりはじめたのだろう。

当然のこと、等々力もいじりたくなっていた。だが、さすがに捜査一課第十二班の班長のあそこに指を入れるのはまずいだろう。

ディスプレイにさらされている処女膜がさらに湿っていく。そして、花びら全体が誘うように蠢《うごめ》きはじめたのだ。

「ああっ、イク、イクっ」

背後から女のいまわの声が聞こえてきた。

その瞬間、等々力は凜警部のドレスの裾に手を入れていた。ぐっと一気にたくしあげると、股間に黒のパンティが貼りついていた。

脱がせるのももどかしく、脇から指を入れる。すると、恥毛がからんできた。凜警部の恥毛は濃かった。

「あっ……ああ……」

ステージで処女膜をあらわにさせている愛が、かすれた声をあげはじめた。

もうひとり黒子が出てきて、黒い手袋のとがった先端で、愛の左腕の内側から腋の下にかけて、なぞりはじめた。右手では割れ目を開いたままだ。

「はあっ、あんっ……」

とがった五本の先端が、愛の二の腕の内側から腋の下を何度も上下している。

愛は割れ目を開いたまま、瑞々しい裸体をくねらせている。

ディスプレイに大きく披露されている処女の花びらが色づきはじめる。可憐なピンクが濃くなっていく。

「たまらんっ」

等々力はついに、凜警部のおんなの穴に指を忍ばせていった。

「あっ……」

凜が短く、甘い声を洩らした。

「り、凜……」

凜警部のおんなの穴は燃えていた。こちらも、処女の花びらに負けないくらい濡れていた。なんてことだ。凜も興奮しているのだ。

等々力は奥まで人さし指を入れる。すると、ざわざわと肉の襞の群れが、等々力の人さし指にからみついてくるのだ。

「あっ、だめっ」

ステージで愛の声が裏返る。手袋のとがった先端が、美少女ＪＫのクリトリスを突いていた。

「乳首を披露するんだ」

男がそう言うと、愛はあげていた左手を背中にまわし、ホックをはずす。右手は割れ目をひろげたままだ。常に処女膜はさらしていた。

たわわな乳房に押されるようにブラカップがずれて、愛の乳房があらわれた。お椀形の美麗なふくらみだった。やや芽吹いた乳首はもちろん、ピュアなピンク色だった。

手袋の先端で美少女ＪＫのクリトリスを突きつづける。

「だめだめ……ああ、ああっ、だめですっ」

ディスプレイに披露されている処女の花びらが誘っている。大きいもので突いて、処女膜を破ってください、と誘っている。

「では、競りをはじめます」

スーツ姿の男が言う。すると、電光掲示板がディスプレイの横にあらわれた。そこにいきなり、五百万の数字が浮かぶ。だがすぐに、六百万へと変わっていく。

グラスを乗せた丸テーブルには引き出しがついていた。等々力は右手の指で凛のおま×こをいじりつつ、左手で引き出しを引く。すると、ナンバーキーがあらわれた。

試しに、七百万と打ち、エンターを押す。すると、電光掲示板の数字が六百万から七百万へと変わった。

凛のおま×こがきゅきゅっと締まった。そのまま、くいくいと等々力の指を締めてくる。

いきなり七百万から動かなくなった。

まずいっ。このままだと俺が愛を落札することになる。もちろん落札したいのはやまやまだが、そんな大金などない。これは経費で出るのだろうか。

「さあ、いかがですか。極上の花びらに極上の乳首です」

男が言う。見てはいないが、おそらく極上の花びらであるはずの凛警部のおま×こが、またも締まる。

七百五十万という数字が出て、それで落札された。そのとたん、凜の締まりが緩んだ。

「ありがとうございます、ご主人様」

そう言って、愛は深々と頭をさげると袖へと消えた。

「いつまで……ああ、入れているのかしら」

火を吐くように凜に言われ、等々力はあわてておんなの穴から指を抜く。爪先からつけ根まで凜の愛液でねとねとだった。

等々力はそれを目にした瞬間、しゃぶりついていた。凜の目の前で、凜の愛液をちゅうちゅう吸っていた。

それを見ても凜はなにも言わず、むしろ、はあっと熱い息を洩らして、剝き出しの下半身をくなくなさせた。

「ああっ、いい、いいっ」

「イクイクっ」

あちこちから女性の声が聞こえてくる。そんななか、ふたりめのＪＫ牝が姿を見せた。

3

ふたりめは長身でモデルのようなスタイルをしていた。愛と同じく、白の半袖ブラウスに紺のネクタイ、紺と赤のチェックのスカートに紺のハイソックス。そして、ローファー姿だった。

「また、清聖学園か……」

M女学園の情報しかつかんでいなかったが、清聖学園もかなり汚染されているようだ。一網打尽にしてやるぞっ、と心の中で叫び、その勢いのまま、また凜のパンティに手を伸ばす。

すると今度は脇から入れる前に、凜が等々力の手首をつかんできた。入れさせまいとする。

「一年三組、美鈴《みすず》と言います」

モデルのようなJKがそう言うと、フロアがざわついた。まだ一年生なのだ。女子高に入ったばかりだ。入ったばかりで、処女のまま牝調教を受けてきたのか。

美鈴の運命を思うと、かわいそうだなと思うと同時に、あらたな我慢汁が出る。

凜も美鈴のことを思って身体を熱くさせたのか、等々力の手首をつかんでいた手を緩めた。

「キスも知りません。でも……全身、性感帯です……ご主人様にお仕えしたくて……美鈴の身体、調教していただきました……ああ、一年生の美鈴の身体、吟味してください」

そう言うと、美鈴はなにも脱がず、いきなりチェックのスカートをたくしあげていく。すらりと伸びたナマ足がどんどんあらわになる。

美鈴もノーパンだった。こちらは、かなり濃い毛が恥丘に生えていた。一年生だったが、長身といい成長がはやいのだろう。でも、一年生なのだ。

背後の大きなディスプレイに、清聖学園の生徒手帳が浮かびあがる。一年三組とある。

右手でスカートの裾をつかんだまま、左手の指で濃いめの恥毛を梳《す》き分けていく。そして、割れ目をくつろげた。

おうっ、とフロアのあちこちからうなり声があがった。恥毛の奥から濃いめの花びらがあらわれたからだ。漆黒の中からあらわれただけに、とても鮮烈に見えた。もちろん、等々力もうなっていた。

うなりつつ、パンティの脇から再び、ずぶりと凜の中に人さし指を入れていた。

「あぁっ……」

凜の中はさっきよりさらにぬかるみ状態になっていた。

「いかがですか……美鈴の花びら……ああ、すごく興奮してしまって……ああ、きっと恥ずかしい色になっています」

そう言うと、美鈴は割れ目をくつろげたまま、背後のディスプレイに目を向けた。

どアップに拡大されている自分の花びらを見つめ、はあっ、と火の息を洩らす。

花びらのピンクがさらに濃くなっていくのがはっきりとわかる。処女の蜜もあふれてきていた。

等々力は興奮して、思わず凜のおま×こをかきまわしていた。

「あ、ああっ」

凜が甲高い声をあげる。凜だけではなく、フロアのあちこちから、連れの女のよがり声が聞こえている。

美鈴は自分の花びらを見つめたままだ。感じているのは、どアップど拡大の花びらを見ていればわかる。

「ああ、恥ずかしいです……」

美鈴がいきなりその場にしゃがみこんだ。しゃがんだままネクタイを取り、半袖のブラウスを頭から抜いていく。

するとこぶりな乳房があらわれた。

美鈴は立ちあがると、チェックのスカートも脱いでいき、紺のハイソックスとローファーだけになった。そして、あらためて左手で恥毛を梳き分け、割れ目をくつろげていく。

乳房はこぶりだと感じたが、さっきの愛が巨乳だからそう見えただけで、Dカップはあった。モデル体型にはぴったりの美乳だった。

黒子が手袋の先端で、すらりと伸びた足を下から撫ではじめる。すると、美鈴はかなり敏感な反応を見せた。

「あっ、ああっ……はあっ、ああっ」

ディスプレイに出ている花びらがひくひく動く。

ふくらはぎから膝へと向かうと、さらに、

「ああっ、ああっ」

美鈴の声が大きくなった。

「足フェチの方はいかがでしょうか。しかも、JK処女のモデルばりのナマ足です。

ご覧のとおり、乳首並の感度に仕上がっています」

男が説明する。

「たまらんな」

等々力は思わずつぶやく。

「はあっ、ああ、上松さんは……足フェチなのかしら」

上松……ああ、俺のことか。場内の淫猥な雰囲気に煽られ、任務であることを忘れそうになる。そこはやはり女は冷静だ。おま×こをどろどろにさせつつも、任務であることは忘れない。

「ああ、あの足にしゃぶりつきたいっ。俺の唾でべとべとにしたいっ」

「では、競りをはじめます」

スーツ姿の男が言う。電光掲示板に六百万の数字が出る。それがすぐに七百万へと変わる。

「足フェチの人は多いようね」

火の息を吐くように、凜がそう言う。競り値があがると、きゅきゅっとおんなの穴が締まる。

「ああ、舐めたいっ」

等々力はナンバーキーを劣情の昂《たかぶ》りのまま押す。七百五十の数字が出る。

「上松さん、中途半端ね」

凛に言われている間に、八百万に競りあがった。

「ああ、八百万……」

甘くかすれた声で数字をつぶやき、凛が強く人さし指を締めてくる。と同時に、スラックスの前に手を伸ばしてきた。

「な、なにをしている、凛っ」

「もう指じゃ、我慢できなくなっているの」

えっ、と目をまるくさせている間にジッパーがさげられ、トランクスの前開きから指を入れられた。先端をつかまれ、引っぱり出される。

等々力のペニスはすでにびんびんだったが、捜査一課第十二班の班長に鎌首をつかまれ、すぐさまひとまわり太くなっていた。しかも、あらたな我慢汁が出てきて、すでに先端はまっ白だ。

「あら、すごく我慢していたのね」

そう言うなり、凛が、河合凛警部が、等々力の股間に上気させた美貌を埋めてきたのだ。先端をぺろりと舐められ、すぐにぱくっと咥えられた。

「ああっ……」

等々力の声がフロアに響いた。競りがはじまり、女たちの嬌声もやんでいたところで、やけに大きく響いていた。

凜はそんなことには構わず、根元まで咥えこみ、じゅぼじゅぼと吸ってくる。

「あ、ああっ……ああっ」

等々力が喘いでいる間に、九百万に値があがる。

「ああ、欲しい」

等々力の股間から美貌をあげた凜は、ドレスの裾を大胆にたくしあげると等々力に背中を預けるようにして腰を跨いできた。

自らの手でパンティを脇にずらし、剝き出しにさせた恥部を唾液で塗りかえた鎌首に当ててくる。

「突きあげて、等々力警部」

凜がささやくように言った。名前を呼ばれ、等々力は一気に劣情の血が沸騰した。よしっ、とドレスごしにくびれたウエストをつかむと、凜の割れ目を突きあげていった。

ずぶずぶっ、と先端が入っていくと、

「いいっ」

凛が叫んだ。

目の前ではＪＫ処女の競りが続いている。競りにかけられているＪＫを見ながら、凛はよがり声をあげつづける。

等々力も美鈴を見ながら、激しく凛の媚肉を突きあげている。おんなの穴はどろどろで、それでいてくいくいとよく締まった。かなり窮屈で、あまり使っていない気がする。

「さあ、どうですかっ」

男が凛のよがり声をかき消すように大声で客に問う。

九百万からは値があがらず、そのまま競り落とされた。

「いい、いいっ、もっとっ、もっと突いてっ」

美鈴が舞台の袖にさがるなか、凛の声だけがフロアに響く。すると、凛の声に煽られたのか、あちこちで客たちがつながりはじめた。

「いいっ、おち×ぽ、いいっ」

「ああっ、すごいっ、真島《まじま》さんっ、すごいっ」

左手や後ろから女たちのよがり声があがる。

「ああ、まわして……ああ、まわして、上松さん」

火を吐くように、凜が言う。等々力は一瞬、意味がわからなかったが、凜がつながった身体をまわそうとして、意味がわかった。

つながったまま、向かい合いたいのだ。等々力は下から突き刺したまま、ドレスに包まれた凜の身体をまわす。

完全に入ったペニスがからみついた肉襞でひねりあげられる。

「う、うう……」

等々力のほうがうなる。

「あ、ああっ、ああっ、すごいわ、等々力警部」

もう、凜もこれが任務だと忘れてしまっている。

垂直に突き刺したペニスを軸にして、凜の身体を百八十度まわした。向かい合うなり、凜がしなやかな両腕を等々力の首にまわしてきて、美貌を寄せてきた。

口と唇が重なると、ぬらりと舌が入ってくる。それでけではなく、高く張った胸もとも押しつけてきた。

等々力はスーツ姿のままだ。ワイシャツごしでしか胸もとの感触を得られないのが惜しい。

等々力は凜と舌をからめつつ、ぐいぐいと突きあげていく。すると、はあっ、と火の息が等々力の口に吐きかけられる。

「ああ、イキそうっ」

「イク、イク、イクっ」

あちこちで女たちのいまわの声が聞こえる。

「ああ、私もイキたい……ああ、等々力警部のおち×ぽで……ああ、凜をイカせてください」

火の息でおねだりされる。もう、それだけで射精しそうになる。もちろん、勝手に射精はしない。イカせないと、このあとの凜との関係にヒビが入るだろう。女もイカせられないへぼ課長として軽蔑されつづける。

だが逆に、イカせまくったら、素晴らしい男だと尊敬の眼差しで見つめられるだろう。なんとしてもイカせなくては、いや、イカせまくらなくては。

等々力は潜入捜査であることを忘れ、肛門に力を入れて、河合凜警部のおんなの穴を突いて突いて突きあげまくる。

「いいっ、すごい、すごいっ、ああ、いい、いいっ」

凜が等々力にしっかりしがみつき、よがり声をあげまくる。おま×こでも、ペニスを締めまくっている。

「イキそうっ、ああ、イキそうですっ」

「俺も出そうだっ、凜っ」

「くださいっ、ああ、くださいっ」

捜査一課の華と一体になり、等々力は感激のなか、射精させた。どくどく、どくどくと凄まじい勢いで噴き出していく。

「ひいっ、イクイクっ」

最後のふたり組JKがステージにあらわれるなか、凜のいまわの声が響きわたった。

4

「イクイクっ」

客席から甲高いいまわの声が聞こえてきた。

聞いたことのある声だと思い、イク、という声のする方向に目を向けると、等々力課長が女と対面座位でつながっていた。

えっ、じゃあ、あのイクイク女は、河合凜班長なのっ。

大胆に背中の開いたドレスの裾を大きくたくしあげ、完全に等々力課長とつながっていた。

どうして、等々力課長と凜班長がエッチしているの……。

「今夜の競りのメインは、ふたりセットとなります」

男が言う。

「二年A組、友理奈といいます」

美桜の隣に立つ友理奈が名前を名乗る。その声は震えていた。夏の制服に包まれた肢体も、袖にいるときからずっと震えていた。手をつないで、落ち着かせようとしたが、震えは止まらず、手をつないだまま、ステージにあがっていた。

「二年A組、美桜です」

美桜も名乗る。美桜の視線は等々力と凜から離れない。ふたりははキスしていた。なんてことだ。あのふたり、つきあっていたのか。いや、それはないだろう。

「友理奈、男の人を知りません……みなさんに買っていただくために……全身を……ああ、性感帯にしていただきました……ああ、美桜、二の腕を……撫でて」

ずっとつないでいた左手を離し、それをあげていく。

友理奈も美桜もM女学園の夏のブラウス姿だ。胸もとには深紅のネクタイ。スカートは紺で、ハイソックスも紺だった。そしてふたりはローファーではなく、上履きを履いていた。

友理奈があげた右腕の二の腕を、美桜はすうっと撫でた。すると友理奈は、

「はあっ」

と、かすれた吐息を洩らす。美桜はそのままブラウスの半袖をあげるように撫でる手をあげていく。そして、腋のくぼみをそろりと撫でた。

「あんっ」

友理奈が愛らしい声をあげる。いつの間にかフロアは静まり返り、みなの視線が友理奈と美桜に集まっている。ちらりと見ると、等々力に乗っていた凛が隣に座ってこちらを見ていた。

憧れの先輩刑事に見られていると思うと、美桜は急に恥ずかしくなった。

もちろん今夜、等々力と河合が客を装い、潜入することは知っていた。競り落とされた瞬間に、一気に検挙する手はずになっている。

凛が来るのも、凛に見られるのもわかっていたが、実際、ＪＫ牝としてステージに立つ姿を見られるのは恥ずかしい。

「美桜ちゃんも、買っていただくために、全身性感帯にしていただいたのよね」

すでに瞳を妖しく潤ませ、友理奈がそう美桜に聞いてくる。

美桜は、はい、と返事をして、右腕をあげていく。すると、今度は友理奈が美桜の二の腕をすうっと撫でてくる。

その瞬間、目の眩むような鮮烈な刺激が走った。美桜は思わず、

「はあっんっ、やんっ」

と、甘い声をあげていた。敏感な反応に、客席がざわつく。

友理奈の手が二の腕を這いあがってくる。ブラウスの半袖を押しあげるようにして腋の下をあらわにさせると、そこを撫でてきた。

「あっ、あんっ、やんやんっ」

美桜はさらに甘い声をあげていた。一気に身体が熱くなっていた。

どうしたのだろう。むしろ、ステージ上では緊張しすぎて感じないかも、と心配していたのだ。だが、それは杞憂だった。

友理奈が美桜のネクタイをはずしてきた。美桜も火の息を吐きつつ、友理奈のネクタイをはずしていく。そして、相手のブラウスの裾をつかむと、同時に引きあげていった。

夏服のブラウスが頭から抜けて、漆黒のロングヘアがふわりと舞う。ふたりのまわ

りに、ふたつの甘い薫りがひろがる。

友理奈も美桜もM女学園支給の純白のブラをつけていた。

友理奈の手が美桜のスカートにかかる。相変わらず手が震えている。けれど、友理奈のほうが積極的に動いている。

美桜のほうが先にスカートを脱がされた。M女学園支給のTバックパンティがあらわれる。

「この下着は、M女学園の生徒はみな、身につけているそうです」

男が説明をする。

美桜も友理奈のスカートを脱がせる。純白のブラとパンティ、そしてハイソックスに上履き姿で並んで立つのは、消えてしまいたいくらい恥ずかしい。

なにより、河合凜に見られているのが恥ずかしかった。

「友理奈の処女膜、披露します」

蚊の鳴くような声でそう言うと、まずは友理奈がパンティをさげていく。すると、最初の愛同様、パイパンの股間があらわれる。

すうっと通った縦の割れ目がなんともそそる。

カメラを持った黒子がやってきた。ブラはつけつつ下半身まる出しの友理奈の足下にしゃがみ、レンズを剝き出しの花唇に向ける。

フロアがざわつく。美桜は背後に目を向ける。大きなディスプレイに、友理奈の割れ目が映し出されている。

そこに、友理奈の指が映し出される。白魚のような指だ。割れ目に触れる。

「処女膜を……ご覧になってください」

そう言うものの、なかなか開かない。指が激しく震えている。

でも、誰もなにも言わない。司会の男も黙っている。友理奈が自分の意志で開くのをじっと待っているのだ。

美桜も開いてとは言わない。友理奈の恥ずかしい気持ちを思うと、とても促せない。

「美桜、先に披露しなさい」

男が言う。はい、とうなずき、美桜も白のパンティをさげようとする。ちらりと等々力と凜を見る。視線が合った気がして、パンティを脱ぐ手が止まる。

友理奈は割れ目を出しているんだ、と言い聞かせ、美桜は恥辱に耐えつつパンティをさげ、上履きを脱ぐと、足首から抜いた。そして、あらためて上履きを履く。

ステージの上で恥部をあらわにさせるのは、想像以上に恥ずかしい。フロアにいるすべての視線が、自分の割れ目に向かっているような気がする。

しかもそれを開いて、奥を見せないといけないのだ。さらに、目の前にカメラが迫っている。

ＪＫ牝調教を受けているから、どうにか立っていることができた。いきなりステージに立たされたら、いやっ、と叫んで泣いていただろう。

美桜はパイパンではなかったが、恥毛は薄く、割れ目の横にはうぶ毛ほどのヘアしか生えていない。だから友理奈同様、処女の花唇はすでに剝き出しだ。そこに指を添える。

だが、いざ開こうとすると、指が震えた。そのことに、美桜は驚いた。刑事として肝は据わっていると思っていたが、やっぱり私も女の子なんだ、と思う。

指を震わせ開けなくても、司会の男は怒らない。むしろ、目を光らせている。

ブラとハイソックスだけのふたりの女子高生がステージに立ち、割れ目に指を添えたまま動けずにいる。

それをフロアにいる男女がじっと見つめている。そんな異様な光景がしばらく続いた。

「ごめんなさい……開きます」

異様な沈黙を破るように友理奈が言った。黒子があわてて、美桜の股間から友理奈の股間へとカメラのレンズを動かす。

ディスプレイに友理奈のパイパンが大映しになると、友理奈が自らの指で開いていった。

友理奈の処女の花びらがディスプレイに映し出されると、フロアがざわついた。

美桜は思わず、ディスプレイに目を向ける。

ピンクの花びらが開いていた。目にも鮮やかな清廉な桃色だった。まったく穢れを感じさせないピュアな花びらだった。

だが、フロアがざわついたのは、たぶんそのことではない、と美桜は思った。

清廉だったが、ぐしょぐしょに濡れていたのだ。それはきらきら輝くほどで、しかもさらに処女蜜があふれ出していた。

「すごい。マゾだな」

あちこちで客の男の声がした。

友理奈はなにも愛撫を受けていない。美桜がちょっとだけ、二の腕と腋の下を撫でただけだ。友理奈は自ら制服を脱ぎ、割れ目を開きながら処女の花びらをぐしょぐしょにさせているのだ。

羞恥を快感に変えているのだ。

「ああ、ご、ごめんなさい……ああ、ごめんなさい」

見なくても、濡らしていることはわかるのだろう。友理奈は割れ目を開いたまま、フロアに向かって謝る。

美桜は友理奈だけが羞恥まみれになるのを避けようと、思いきって割れ目を開いていく。

すると、いっせいに、友理奈の花びらから美桜の花びらへと視線が動くのがわかった。剝き出しにさせた処女の花びらに、数えきれないくらいの視線の矢を感じていた。

「ほう、こっちもマゾかっ」

あちこちから感嘆の声があがる。

えっ、私がマゾ……もしかして、私も？

美桜は思いきって、背後のディスプレイに目をやった。そこには、やや赤みがかったピンクの花びらがどアップで拡大されていた。

そして、それは友理奈の花びらとは違っていた。だから、私の、白石美桜の花びらだった。自分のあそこを、こんなに拡大して見たことなどもちろんない。

だから、自分の股間にこんなものがあるのか、と不思議に思った。

濡れていた。友理奈ほどではなかったが、処女の花びらが潤んでいた。しかも友理奈は濡れていても、ピュアなピンク色だったが、美桜の花びらは赤く色づいていた。

この赤みはなんだ。

まさか、発情しているのか。誘っているのか。

「あっ……」

動いた。ディスプレイに拡大された花びらが、きゅきゅっと収縮したのだ。

「入れたいぞっ」

あちこちから声がする。その中に、聞き覚えのある声が混じっていた。

等々力課長だ。思わず、美桜は等々力を見やる。目は合わなかった。等々力の視線は、あらわなままの美桜の処女の花びらだけに向いていた。

そして、ヤリたい、入れたい、と大声をあげている。

等々力の視線を意識したとたん、身体がかぁっと熱くなった。えっ、と思ったときには、どろりと処女の蜜があふれていた。

「すごいっ」

フロアがざわついた。

「友理奈より、こっちの女子がヘンタイかっ」

あちこちからそんな声が聞こえてくる。

私がヘンタイ……ありえない……潜入捜査のために、マゾっぽっく振る舞っているだけ……捜査官として優秀なだけ……そうだろうか……愛液の量なんて、自分では調整できない……。

割れ目をくつろげている指先にも、自分の愛液を感じる。

等々力の視線を痛いくらい感じる。恥ずかしいと思うとよけい感じてしまい、さらに愛液をあふれさせていく。

5

「友理奈と美桜は仲よしなんです」

司会の男が言う。

「キスしてみて」

と言われ、友理奈と美桜はお互い首だけを動かし、相手を見る。それぞれの指では割れ目をひろげたままだ。処女膜をさらしたままだ。

友理奈が瞳を閉じ、すうっと美貌を寄せてきた。美桜は目を開いたまま、友理奈の唇を受ける。やわらかい。半開きの唇に、ぬらりと友理奈の舌が入ってくる。

友理奈のほうが積極的だった。友理奈の唾液は舌がとろけるように甘い。美桜にレズの趣味はなかったが、友理奈の唇も舌もすんなりと受けてしまう。

フロアがざわつく。処女膜が誘っているぞ、と等々力の声がする。

ああ、課長、まだ部下の処女膜を見ているのですか……ふつう、遠慮しませんか。

「ブラ、取って」

男が言うと、友理奈が舌をからめたまま、美桜の背中に両手をまわしてくる。

えっ、自分のじゃなくて、私のを取るのっ。

ホックがはずされ、友理奈が美桜の胸もとからブラカップを取る。そしてすぐさま、抱きついてきた。ブラカップに包まれた友理奈の胸もとに、美桜の乳房が押しつぶされる。

すでにとがっている乳首が押され、ビリリッと快美な電気が走る。

「また、処女膜が動いたぞっ」

等々力の興奮した声がする。美桜だけが変わらず処女の花びらをさらし、それがディスプレイにアップされていた。

いつの間にか、友理奈ではなく美桜がＪＫマゾ牝としてさらしものになっている。

だが、美桜の身体はさらに熱くなっていた。ブラカップで乳首をこすられるのも、からみつく友理奈の舌もたまらない。友理奈はわざと強い刺激を美桜の乳首に与えるために、自分はブラを取っていないと思った。

友理奈が太腿を美桜の股間にこすりつけてきた。クリトリスを押され、

「はあっんっ」

と、美桜は甘い声をあげた。静まり返ったフロアに、やけに大きく美桜の喘ぎ声が響く。

友理奈がぐりぐりと太腿で美桜の恥部を責め、ブラカップで乳首を責めてくる。美桜は圧倒されっぱなしだ。

友理奈はマゾだと思うが、美桜のほうがよりマゾ度が強いから、友理奈が責める側になっているのでは、と思った。

責め返さないと、このままじゃ、ここで生き恥をかいてしまう。等々力課長や河合班長の前で、イク姿をさらしたくない。

責めるの、と美桜は割れ目から手を離し、友理奈に抱きついていった。剝き出しの股間を友理奈の恥部にこすりつけていく。

「あっ、あんっ」

すぐに、友理奈が敏感な反応を見せた。

ディスプレイから美桜の花びらは消えたが、すぐにこすりつけ合う恥部と恥部がどアップとなる。

美桜は背中にまわした手で友理奈のブラホックをはずす。するとカップがまくれ、たわわなふくらみがあらわれる。友理奈の乳首もつんととがっていた。そこに、美桜は自分の乳首をこすりつける。

淡いピンクの乳首と乳首が相手をなぎ倒す。

「はあっ、ああ……」

「あんっ、やんっ……」

友理奈と美桜の喘ぎのデュエットがフロアに流れる。

「ああ、たまらんっ。たまらんぞっ」

等々力の声がする。

「仲よしなのがよくおわかりになったと思います。セットで買う意味をお感じになったと思います。では最後に、尻の穴をご披露させていただきます」

司会の男が言った。だが、友理奈と美桜は舌をからめ、乳首を倒し合い、クリトリスとクリトリスをこすりつけ合っていた。

身体が燃えあがって、やめられなくなっていた。自分がまだ処女なのが信じられない。かなり深い性体験を積んでいる気がする。でも、処女なのだ。ち×ぽは入っていない。

「友理奈っ、美桜っ、お客様に尻の穴を披露するんだっ」

男が声を荒げる。それではっとなり、友理奈と美桜は唇を引き、乳房を引き、そして最後に恥部を離した。

はあはあ、と荒い息を吐きつつ、お互いを見つめる。

このままいっしょにご主人様にお仕えしましょう、と見つめ合う。美桜は捜査官だ。このあと、悪を一網打尽にすることを知っている。それでもなお、友理奈といっしょに売られて、ＪＫ牝としてお仕えする気になっていた。

「お尻の穴、見せましょう」

友理奈が美桜に向かってそう言い、背中をフロアに向けると上体を倒していく。ぷりっと張ったＪＫらしいヒップが突きあげられる。

美桜も背中を向ける。すると、いい尻だっ、とまたもや課長の声がする。完全に客になっている。もしかして、演技か……それならたいしたものだ。違うだろう……リアルで興奮しているのだ。

美桜も上体を倒す。そして、ふたりして尻たぼに手をまわしていく。

「友理奈のお尻の穴、ご覧ください」

「美桜の、お尻の……あ、穴、ご覧ください」

そう言うと、ふたりいっしょに尻たぼをぐっと開いた。

黒子がやや引きの位置から友理奈と美桜の尻をいっしょにレンズに収める。すると大きなディスプレイに、ＪＫのふたつの後ろの蕾があらわになった。

今度はフロアから声があがらなかった。等々力も無言のままでいる。

やっぱり、肛門なんて見せるものではない、と思って、美桜は尻たぼを閉じようとした。すると、

「閉じるなっ」

と、等々力の大声が響いた。

「すみませんっ」

思わず謝り、美桜はぐっと尻たぼをひろげる。すると、

「これはケツの穴なのかっ。信じられんっ。ケツの穴なのかっ」

等々力の声がフロアに響きわたる。

ああ、お尻を……お尻の穴を、課長と河合班長に見られている……お尻の穴なんて自分でさえはっきり見ているわけではない……でも今、等々力や河合凜、そして多く

の男女の視線に、友理奈と並んで排出器官をさらしていた。

そしてなにより、そのことで美桜は感じていた。

「ケツの穴が動いたぞっ」

等々力が叫ぶ。

いちいち言わなくていいの、課長っ……セクハラですよっ。

身体が焦げそうだ。腋の下や太腿の内側に汗をかいている。それは友理奈も同じなのか、甘い汗の匂いが漂ってきている。きっと私の汗の匂いを友理奈も嗅いでいるはずだ。そう思うと、どろりとあらたな処女蜜があふれた。

「友理奈、美桜、正面を向いて」

男が言い、美桜は上体を起こした。もう少し、お尻の穴をみんなに見られたい、と思い、そんな自分に美桜は震える。

正面を向くと、いっせいに視線の矢が突き刺さるのを感じた。客たちも昂っているのが視線の熱ではっきりとわかる。

「では、競りを開始します」

司会の男が言うなり電光掲示板に、いきなり一千万と出た。ふたりの値段だから、むしろ安いとも言えたが、一千万という数字にフロアがざわつく。

すぐに一千二百万になり、それが一千五百万となる。

「あ、ああ……落としたいっ、俺が落としたいっ」

等々力の声がする。

二千万の大台に乗った。ひとりあたり一千万となり、愛と美鈴の値段をあっさりと超えた。

「なんてことだっ」

等々力が頭をかかえている。本気で落札する気だったのだろうか。演技だ。名演技だ。でも、目立ちすぎていないか……。

「二千五百万となりましたっ」

司会の男も興奮している。フロア全体が熱を帯びている。裸でいても、美桜は汗ばんでいた。ＪＫマゾだからだけではなく、室内の温度があがっているのだ。

「さあ、いかがですかっ。尻の穴の感度も良好です。まさに全身性感帯に仕上げてあります」

司会の男が煽る。電光掲示板に二千八百万の数字があがる。

これはひと晩の値段なのだ。処女膜二枚に、これだけの値段がついている。落札した客は次から買う場合の優先権も得られた。だから大金さえ積めば、ずっと友理奈と美桜の穴を独占することができた。

もちろん次回からは、処女の価値はなくなるので、かなり値段はさがった。自分のペニスで処女膜を破り、価値を落とすのだ。それが快感で、ＪＫの処女膜を落札したがる客も多かった。

「おうっ、なんてことだっ」

等々力の声が響いた。美桜は振り向き、電光掲示板を見た。

三千万という数字が掲示されていた。しかも見ている間に、三千百万に変わっていった。

「ああ、友理奈っ、美桜っ、ああっ、俺の処女膜がっ」

等々力が泣いていた。

見ると、ぼろぼろと涙を流している。

そんなに私の処女膜を破りたかったの、等々力課長。

「三千三百万でＫ様に落札されました」

等々力と凜が座っているシートの右手のテーブルのランプが光った。

友理奈と美桜は手をつなぎ、ステージを降りていく。一歩、足を運ぶたびに、友理奈と美桜の豊満な乳房が揺れた。ふたりとも乳首をつんとしこらせたままだ。

階段を降り、等々力と凜の正面を通る。

ちらりと課長を見る。目は合わなかった。ぎらぎらした目で美桜の裸体を見つめている。凜は見なかった。恥ずかしすぎて、見られなかったのだ。

K様のテーブルについた。

白髪の男性だった。隣には美桜たちと年齢があまり変わらないように見える女が座っていた。ドレス姿だったが、バストが片方だけ露出していた。お椀形の美麗な乳房だった。

「友理奈と美桜の処女膜を買ってくださり、ありがとうございます」

友理奈と美桜は声をそろえてそう言い、白髪の男性に向かって深々と頭をさげた。

「茉優《まゆ》、キスしてあげなさい」

白髪の男がJKのように見える連れの女にそう言う。

茉優が立ちあがった。ドレスは超ミニで、パイパンの恥部が露出していた。

茉優が友理奈と美桜の前まで進み、そしていきなりしゃがんだ。

「出して。処女膜、出して」

と言う。友理奈と美桜は割れ目に指を添え、落札者の女の前で割れ目をくつろげていく。

するとすぐさま、茉優が友理奈の股間に美貌を埋めた。

「あっ、ああっ」

静まり返ったフロアに友理奈の甘い声が響く。

茉優は友理奈の恥部から顔を引くなり、すぐさま美桜の花びらに舌を入れてきた。

ぞろりと舐めてくる。その瞬間、目がくらっとなった。

ぞろりぞろりと茉優は処女の花びらを舐めてくる。

「あ、ああっ、ああっ」

これまでいろんな男女に舐められてきたが、まったく違っていた。ひと舐めで美桜の脳髄がとろけ、ふた舐めで全身がとろけていた。

「うまいだろう。私の自慢のＪＫ舐めダルマだ」

白髪の男がうれしそうにそう言う。金持ちというのは、もう使うところがなくて、ＪＫ舐めダルマを作ることに大金を出すのだと美桜は思った。そう思いつつ、ふらふらになっていく。

イキそうになっていたが、茉優がさっと顔を引いた。どうして、と思わず股間をせりあげる。

茉優がまた友理奈の花びらを舐めはじめる。

「ああっ、いい、いいっ、いいのっ……どうしてっ」

友理奈の歓喜の声がフロアに響く。美桜は、思わず嫉妬の目で友理奈を見ていた。

こんな気持ちははじめてだった。

「ああ、私も……美桜も……おねがいします」

そう言って、さらに大きく割れ目をくつろげていた。

すごい、と隣のシートから等々力の声がする。その声にも身体が反応する。

「イキそう、ああ、ああ、もうイキそうですっ」

「ＪＫ牝の分際で、勝手にイクなよ」

「はいっ。イキませんっ。絶対、イキませんっ」

友理奈が泣きそうな顔でそう言う。今にもイキそうなのに、懸命に耐えている顔にぞくぞくする。

「あ、ああっ、も、もう……だめ……」

友理奈がイク直前で、茉優が舌を引いた。ぎりぎりで梯子をはずされた友理奈が、がくがくと瑞々しい裸体を痙攣させている。

「舐めてください」

美桜は茉優を見つめる。

だが、茉優は舐めてこない。友理奈の蜜で絖った舌で唇を舐めつつ、美桜を見あげている。

「ああっ、舐めてくださいっ。おねがいしますっ、茉優様っ」

競り落とした男ではなく、その連れのＪＫ牝に向かって、美桜は様づけしていた。

第六章　マゾ牝覚醒

1

「ああ、イキそうですっ。ああ、もうイキたいっ。ああ、ご主人様、イッてもいいですかっ。イッてもいいですかっ」

両腕を万歳にあげたかたちの裸体をくねらせ、友理奈が舌足らずに、川口《かわぐち》にイク許可を求める。

「だめだ。勝手にイクなよ」

白髪の川口がそう言う。友理奈を見る目が爛々と光っている。

「はいっ、あああ、ああ、でも狂っちゃうっ。ああ、イカないと、ああ、友理奈、もう狂っちゃいますっ」

競り会場の奥に、競り落とした客だけが使えるＶＩＰルームがあった。

競り落とした川口だけがソファに座り、その正面にハイソックスと上履き、そして川口の命令で、深紅のネクタイだけをつけた姿で友理奈と美桜は立っていた。

茉優に花びらを舐められている間は両腕を万歳するようにあげて、待っている女子は右手で割れ目を開き、蜜まみれの処女の花びらをあらわにさせていた。

「ああ、イキそうっ」

またも、ぎりぎりで茉優が唇を引く。ＪＫ舐めダルマとしてしこまれただけのことはある。

茉優の唇が美桜の花びらに迫るだけで、身体が熱くなる。息がかかるだけで、イキそうになる。

このＶＩＰルームに入り、茉優の舐め技を受けつづけて、もう三十分以上が経っていた。友理奈も美桜も一度もイッてはいない。それでいて、茉優のほうはときおり、川口にバックから突かれて、すでに五度もイッていた。

川口も茉優もＶＩＰルームに入ってすぐに、裸になっていた。川口のペニスはずっと天を衝いている。

美桜も友理奈もイキそうになりつつ、ずっと川口のペニスを見ていた。欲しかった。たまらなくち×ぽが欲しかった。

「ああ、舐めてください。茉優様、おねがいします」

息を吹きかけるだけで、なかなか舐めてこない茉優にじれて、美桜はまた様づけで呼んでしまう。

すると茉優が美貌を寄せて、あらわにさせている花びらをぺろりと舐めてきた。

「いいっ」

ひと舐めで、美桜は叫ぶ。茉優がぺろぺろ、ぺろぺろと舐めてくると、すぐにアクメの高波が襲ってくる。すぐにイキそうになる。もう、じらされつづけているからはやいのだ。

「ああ、イキそう。ああ、いいですかっ。ご主人様っ、美桜、イッていいですかっ」

「だめだ。勝手にイクな」

「ああっ、ご主人様っ、どうかっ、イク許可をくださいませっ」

競りが終わった時点で、等々力と河合凜が関係者を検挙し、競り落とされた友理奈と美桜が落札者から処女膜を破られる前に、助けに来る手はずとなっていた。

だが、もう三十分くらいすぎていたが、助けは来ない。けれど、今の美桜は等々力たちが入ってこないことを願っていた。

イキたい。茉優の舌でイッてから助かりたかった。茉優の舌でイクまでは、等々力たちの助けはいらなかった。だから、三十分もすぎていて助けに来ないことに不審がってもいなかった。イクまでは来ないで、と念じつづけていたからだ。

川口が立ちあがった。見事な反りを見せているペニスが揺れる。その揺れを見ているだけで、花びらがざわつく。

破ってほしい。おち×ぽで破られて、イキたい。

「ああ、おち×ぽをっ、ああ、おち×ぽを友理奈にくださいませっ」

先に友理奈がそう叫んでいた。右手で割れ目をぐっと開き、身体全体で川口を誘う。

すると、川口が友理奈に迫る。

「ああ、くださいっ。破ってくださいっ」

「そんなに破られたいか。処女じゃなくなるんだぞ。はじめてのち×ぽが、俺でいいのか」

「ご主人様のおち×ぽで、友理奈、イキたいですっ。ああ、イカせて、イカせてっ」

友理奈が右手で割れ目を開いたまま左手を伸ばし、ペニスをつかんだ。

「ああ、硬い。ああ、これで破られたいです」

友理奈の裸体がぶるぶる震え出す。つかんでいるち×ぽで処女膜を破られることを想像して、武者震いさせているのだ。

握りたいっ。せめてち×ぽを握りたいっ。硬さを感じたいっ。

気づいたときには、美桜は友理奈を押しやるように裸体をぶつけていた。

だが、友理奈は川口のち×ぽを放さない。

「美桜もイキたいですっ。ご主人様のおち×ぽで、破られたいですっ」

そう叫び、友理奈の裸体を強く押しやる。すると、あっと友理奈がよろめき、ち×ぽを手放す。美桜はすぐさま川口のち×ぽをつかむ。

「硬いっ。ああ、硬いっ」

硬さを手のひらに感じるだけで、目眩を起こしそうだ。

今の美桜の頭には、このち×ぽでイクことしかなかった。なぜ、等々力たちがあらわれないのか、考えてもいなかった。

「床に寝て、入り口を開け」

川口がふたりに向かってそう命じる。友理奈と美桜は、はいっ、と声をそろえて返事をすると、川口の足下に仰向けになった。そして両太腿をかかえると、ぐぐっと股間をせりあげていった。

「うふふ」

茉優が笑う。

「赤ちゃんがふたり待っていますね、ご主人様」

まんぐり返しの友理奈と美桜を見て、茉優がそう言う。

「そうだな。さて、どちらに入れるかな。茉優、おまえはどっちに入れたほうがいいかな」

ふたりとも破るわけではないのか……いや、三千三百万も出しているのだ。ふたりとも処女膜を破るだろう。先かあとかの違いだけのはずだ。

「友理奈の花びらのほうが、欲しがっているように見えます」

そう言って、茉優がいじわるそうな目で美桜を見やる。

「そうか。じゃあ、友理奈の処女膜を破るか」

「ありがとうございますっ、ご主人様っ」

友理奈に先を越されそうで美桜は泣きたくなる。というか、泣いていた。ぽろりと涙が流れる。

友理奈が先に処女膜を破られることがこんなに悔しいとは……。

川口が矛先を友理奈に向ける。

「あ、ああ……ご主人様っ」

友理奈も泣いていた。美しい黒目から、ひと雫の涙を流していた。

「割れ目を閉じろ」

はい、と開いていた割れ目から友理奈が指を引く。すると、すぐにぴたっと割れ目が閉じる。大胆に太腿を開いていたが、ぴっちりと閉じていた。

そこに、川口が野太く張った鎌首を当てる。

「あ、ああ……ああ、ご主人様」

また、友理奈が震えはじめる。喜びと昂りの震えだ。

会ったばかりの、競り落とした相手のち×ぽが割れ目に触れただけで、全身で喜んでいるのだ。

鎌首が割れ目にめりこみはじめる。

「ああっ、ああっ」

友理奈の震えが激しくなる。すると、鎌首がずれる。

「じっとしていろ」

「ごめんなさいっ、ごめんなさいっ」

友理奈は震えを止めようとしている。でも、震えはさらに激しくなる。

川口が鎌首を押しつける。だが、またずれる。

すると、川口が友理奈の割れ目から鎌首を引いていく。

「ああっ、ご主人様っ、おち×ぽを、おち×ぽを友理奈にくださいませっ」

友理奈が叫ぶなか、川口の鎌首が美桜の花びらに迫ってくる。

「閉じろ」

川口が命じる。はい、と美桜はすぐに右手の指を割れ目から離す。すると、ぴたっと閉じた。

川口の鎌首が割れ目に触れる。それだけで、身体が震えはじめる。

友理奈と同じだ。がくがくと震えるのだ。期待の震えだ。

「動くな、美桜」

「すみません。ああ、ください、おち×ぽください」

声まで震えている。

「くれてやる」

ずぶりと、いきなり鎌首がめりこんできた。

2

「あっ……」

処女膜に鎌首を感じたと思った瞬間、破られていた。

「ううっ……」

激痛が走り、美桜は眉間に縦皺を刻ませる。無意識に押し返そうとしてしまう。

そこを、川口がぐぐっとめりこませてくる。

「ああっ、裂けるっ。美桜、裂けちゃうっ」

すでに処女膜は破られていたが、その奥に鎌首がめりこもうとしていた。小指の先ほどしかない穴が無理やり押しひろげられる。

硬いち×ぽが入ってくるなり、イケると思っていたが、激痛が勝り、アクメの予感は消えていた。

「ううっ、裂けますっ。ああ、ご主人様っ、美桜、おま×こ、裂けちゃうのっ」

川口を見ると、鬼の形相をしていた。紳士の顔は消えて、嗜虐の光を宿した目で、肉の結合部分をにらみつけている。

「ああ、なんて締めつけだ」

川口はうなりつつ、ペニスを埋めてくる。

「痛いっ、痛いっ……」

股が裂かれるような激痛に、美桜は叫ぶ。

そして激痛のなか、等々力と河合凜が助けに来ていないことに気づいた。VIPルームに入ってもう四十分ほどすぎているはずだ。

計画では、美桜と友理奈の処女膜は見事守られる手はずになっていた。だが今、美桜の処女膜は落札者のち×ぽによって破られ、女になっていた。

ずぶり、と奥までペニスが入った。

「ひいっ」

美桜は全身をあぶら汗まみれにさせていた。

「かわいい顔」

と言って、茉優が汗ばんだ美桜の美貌を愛おしむように撫でてきた。

「大丈夫よ。すぐによくなるから」

そう言って、唇を寄せてきた。あっと思ったときにはぬらりと舌が入っていた。

美桜はからめていった。少しでも痛みを忘れたかったからだ。

舌をからめるとすぐに痛みがすうっと引き、かわって股間から鮮烈な快感が噴きあがってきた。

「ううっ……ううっ」

美桜は、ああっ、と愉悦の声をあげていた。それは茉優の喉に吸いこまれていく。

さっきまでの身が裂かれるような激痛がうそのように、全身を焦がす快感に包まれていく。

「おう、おま×こが吸いついてくるぞ。これはかなりの名器だ。ひと破り三千三百万だけのことはある」

川口がうなっている。私の処女膜が三千三百万。そう思うと、さらに身体が焦がれていく。

「いい、いいっ、ああ、いいっ」

茉優が唇を引くなり、美桜は歓喜の声をあげていた。

激痛が大きかったぶん、そのあとの快感も深かった。

川口がゆっくりと動きはじめる。

「ううっ、い、痛いっ」

引かれると鎌首で逆向きにおま×こをえぐられ、またも激痛が走った。だが、突かれるとすぐに倍の快感が襲ってくる。

「いいっ、おち×ぽ、おま×こ、いい、いいっ」

「ひいっ、痛いっ」

「おま×こ、いいっ」

引かれると激痛が走り、突かれると歓喜が襲う。

川口はとてもゆっくりと動いているだけだったが、美桜は一本のち×ぽに翻弄されていた。錯乱し、気持ちいいのか痛いのか訳がわからなくなってくる。

そのうち、痛いのも気持ちいい、と感じるようになってきた。

「ああ、イキそうです……ああ、美桜、イキそうですっ、ご主人様っ」

「JK牝の分際で、勝手にイクなよ。わかっているな」

「わかっていますっ。ああ、ご主人様もイッてくださいっ」

美桜は川口を見あげ、哀願する。この姿を等々力課長が見たら卒倒するだろう。

そうだ。課長たちはなにをしているのっ。どうして、助けに来ないのっ。なにかあったんだっ。

川口の動きがはやくなる。

「いいっ……痛いっ……ああ、イキそうっ……あうっ、裂けるっ」

割れ目を出入りしているペニスには、鮮血がにじんでいた。破瓜《はか》の証だ。

自分の血だと思うと、くらっとなる。

血だけではない。愛液もたっぷりとからんでいた。

「ああ、もうだめっ。もう、イク……ああ、イッちゃうっ」

まさにイク寸前で、川口がペニスを引き抜いた。

「えっ……」

呆然としている美桜の隣で、友理奈が、ひいっ、と叫んだ。

美桜の処女膜を破ったばかりのペニスで、すぐさま友理奈の処女膜も突き破ったのだ。

「ひ、ひいっ……裂ける。裂けるっ。おま×こ、裂けるっ」

破った勢いのまま、川口は友理奈の穴を串刺しにしていく。

友理奈の裸体が瞬く間にあぶら汗まみれになる。

「おうっ、たまらんっ。なんて締めつけだっ」

おうおう、うなりつつ、川口は友理奈のおんなの穴を奥まで突いていく。

「裂けるっ。裂けるっ、うぐぐ……ううっ」

あまりの痛みゆえか、友理奈が白目を剝いた。

「友理奈さんっ」

美桜は太腿を抱いた手を解き、友理奈の肩を揺さぶる。

友理奈はすぐに激痛で目を覚ます。

完全に串刺しにした川口が動きを止めた。動かなくても、うんうん、気持ちよさそうにうなっている。だが友理奈のほうは、はやくもそれでは満足できなくなっていた。

「突いてください、ご主人様」

「動くと痛むんじゃないのか」

「突いてください」

友理奈が言い、そうか、と川口がペニスをゆっくりと上下させはじめる。するとすぐに、

「いいっ」

友理奈が歓喜の声をあげた。美桜同様、痛みが一転して快感に変わったのだ。

「いい、いいっ、おち×ぽ、おま×こっ、いい、いいっ」

友理奈のほうは逆向きでえぐられるときも、痛みではなく愉悦を感じているようだ。

川口が動くだけで、いいっ、と叫びつづける。

「ああ、イキそうっ。もう、友理奈、イキそうですっ」

「勝手にイクなっ」

ゆっくりと上下させつつ、川口がそう言う。友理奈の割れ目から出ている胴体には、美桜の鮮血だけでなく友理奈の鮮血もからんでいる。

「ああ、くださいっ。美桜にもくださいっ」

美桜は友理奈から手を離し、再び自らまぐり返しのかたちを取り、女になったばかりの花びらをあらわにさせる。ピンクの花びらのあちこちに鮮血がにじんでいる。

それを見た川口が、今にもイキそうな友理奈のおんなの穴からペニスを引き抜く。

「だめっ」

「くださいっ」

友理奈と美桜の声が重なる。しかし、恐ろしい精神力だと感嘆する。どちらの穴に出してもいいのに、まだ出していないのだ。さすがに先走りの汁が大量に出ていた。

川口が友理奈の鮮血まみれとなった鎌首を、ずぶりと美桜の花びらに突き刺してきた。

「ひいっ」

快感よりも激痛が襲ってきた。

「裂けるっ。裂けるっ、ひ、ひいっ」

美桜は眉間に深い縦皺を刻ませ、涙を浮かべた瞳で川口を見つめる。

すると、その苦痛に耐える表情により昂ったのか、川口が、出そうだっ、と叫んだ。

「ご主人様っ」

茉優が驚きの声をあげる。ふだんの川口はこれくらいでは射精させないのだろう。

「ひ、ひいっ、裂けるっ。壊れるっ。美桜のおま×こ、壊れますっ」

「おう、おうっ、出る、出るっ」

川口が顔面をまっ赤にさせて射精させた。

どくどく、どくどくと凄まじい飛沫《しぶき》が美桜の子宮に襲いかかってくる。

ザーメンを浴びた瞬間、おま×こを裂かれるような激痛が瞬時に反転して、めくるめく快感に包まれた。

「ひいっ、イク、イクイク、イクっ、イクイク、イクうっ」

美桜はいまわの声を叫びつづけ、白目を剝いた。

3

頰を張られて、美桜は目を覚ました。手ではなく、ペニスでびんたを張られていた。

友理奈の鮮血から美桜の鮮血に変わった胴体は、鋼の力を維持していた。

「えっ……中に出しましたよね」

思わず、そう聞いていた。

「出したぞ。おまえの子宮は私のザーメンでどろどろだ。うれしいか」

「はい、うれしいです……」

今も子宮がじんじん疼いている。おま×こ全体も火照っている。

美桜は反射的に、頬をたたくペニスに舌をからめていった。ＪＫ牝としての本能に従っていた。

だが同時に、一度イキまくったことで、頭の一部が醒めていた。

友理奈と美桜の処女膜は結局守られることはなかった。警察官となってはじめての潜入捜査で、大切な処女膜を失ってしまった。もちろん、後悔などない。でも、検挙してはじめて処女膜まで捧げたことに意味がある。

このままではマゾ牝として目覚め、処女膜を失い、中出しまでさせてお終いとなってしまう。

美桜は川口のペニスを舐めつつ、まわりの状況を探る。

すぐそばで友理奈がまんぐり返しのポーズのまま、割れ目を開いて川口のペニスを肛門を舐めていた。茉優は川口の背後にしゃがんで、尻の狭間に美貌を埋めていた。肛門を舐めているのだ。射精してすぐの肛門舐めで勃起を維持させているのだろうか。いずれにしても、恐ろしい勃起力だ。

舐めていると、咥えたくなってくる。美桜は首をさし伸べ、鎌首にしゃぶりついていく。そしてそのまま、根元まで頰張る。

まだ、等々力たちは助けに来ない。しかし、警察だとばれていることはないと思った。ばれているのなら、あの司会の男やガードマンたちが知らせに入ってくるはずだ。

「うんっ、うっんっ」

川口のペニスはとてもエッチな味がした。ザーメンの中に、破瓜の血と愛液が混ざっている。そんなペニスを吸っていると、また欲しくなる。

「ああ、くださいっ、友理奈にもくださいませっ」

花びらをあらわにさせたまま、友理奈がねだる。花びらには鮮血が混じっている。

それを見ると、ぞくぞくする。

川口が美桜の唇からペニスを抜いた。完全に勃起を取り戻している。その矛先を、友理奈の股間に向けていく。

「ああ、ご主人様っ」

美桜が見ている前で、ずぶりと友理奈の花びらを突いていく。

「いいっ、おち×ぽ、いいですっ」

「おうっ、すごい締めつけだっ」

肛門を舐めていた茉優は驚くことに、そのまま移動していた。友理奈の女穴を串刺しにしている川口の尻に美貌を埋めつづけている。

「ああ、いい、いいっ」

友理奈の歓喜の声がVIPルームに響きわたる。三人とも完全にそれぞれのことに夢中になっている。

今だっ、と美桜は起きあがった。すると、どろりとザーメンが割れ目からあふれるのを感じた。ああ、女になったんだ、とあらためて思いつつ、川口の尻の穴に舌を入れている茉優のうなじに手刀を落とした。

うぐっ、とうめき、一発で茉優が崩れていく。

美桜は背後から、友理奈とつながっている川口の首に腕をまわした。

「うっ、うう、な、なにを、する……」

川口は抵抗する暇もなく、美桜の首絞めに落とされていく。ペニスは深々と友理奈に入ったままだ。

「友理奈さん、抜いて」

「美桜さん、あ、あなた……」

「私、刑事なの」

「えっ……け、刑事……う、うそでしょう」

本当なの、とウインクすると、川口の首からほっそりとした腕をはずす。

「ああ、抜けない……」

「おま×こから力を抜いて」

川口は失神したまま、友理奈の裸体に覆いかぶさっていく。それを、美桜が背後から引き剝がす。だが、ペニスが深々と入ったままで、股間は結合したままだ。

「抜くのよ、友理奈さん」

「あ、ああ……抜けないの」

ドアがこんこんとノックされた。

「川口様、川口様」

男の声がする。

「はやく、抜いて」

「ああ、あ、ああっ、おち×ぽ、おち×ぽっ」

抜こうとするとエラが逆向きにこすれ、それに友理奈は感じてしまっていた。感じると、自然と強烈に穴が締まり、ペニスが抜けなくなる。

「川口様、失礼します」

ドアごしに異変を感じたのか、ドアが開かれた。スーツ姿の屈強な男が顔をのぞかせる。ドアの横に立っていた美桜は、いきなり男の股間に膝蹴りを見舞った。

「ぐえっ」

自分よりはるかに大きな男を相手にするときは、とにかく股間を狙うことだ。鍛えている男でも、股間は鍛えられない。とくに、ふにゃふにゃした袋は急所だ。

だが、男はうめいたものの、すぐに美桜に目を向け、つかみかかってきた。

美桜は二発目を股間に向けたが、右膝をつかまれた。

なんて男だ。もしかして、袋も鍛えているのか……鍛えられるのか……。

「おまえっ、何者だっ」

男は膝をつかんだまま、にやりと笑いかける。

やはり、女だと思って油断しているのだ。愚かな男、と美桜は右膝を男の手に預けたまま、左足を跳ねあげた。左の膝をあらためて男の股間にぶつける。

「ぎゃあっ」

ペニスを真正面からたたいた感触があった。男は右膝から手を放し、ひっくり返った。

美桜はすかさず、股間だけを続けて蹴っていく。

すると、男は泡を吹いて白目を剝いた。

「す、すごい……美桜さん……本当に刑事なのね」

友理奈はまだ川口とつながっていた。

「行くよ。ついてきて」

「ちょっと、待って……」

友理奈が腰を引き、ようやくペニスをおんなの穴から出した。

「ごめんね、友理奈さん」

「えっ」

「あなたの処女膜を助けられなくで……」

「美桜さんも……処女膜……」

「そうなの。中出しまでされてしまったわ……課長、いったい、なにをしているのかしら」

「課長……」

「目立っていた客がいたでしょう」

「ああ、ヤリたい、とか叫んでいたお客様がいらっしゃったわね」

「あれが私の上司なの」

「えっ、うそっ」

「隣にいた美人も刑事なの」

「信じられないっ」

行くよっ、と美桜はＶＩＰルームから出ようとした。すると、友理奈が美桜の手を握ってきた。

ふたりは深紅のネクタイと紺のハイソックスに上履きという姿のまま、ＶＩＰルームを出た。廊下を進むとステージに出た。がらんとしている。

「あ、あああっ、いいいっ」

右手の袖の奥から、よがり声が聞こえてきた。

「あれ……うそ……」

河合凛の声のような気がしたのだ。

まさか……。

凛はステージの右手へと走る。すると、どろりとザーメンがさらにおんなの穴から出てきた。

構わず走り、奥へと入る。すると、もうひとつＶＩＰと書かれたドアがあった。そこには、スーツ姿の屈強な男が立っていた。

「おまえっ、どうしてっ」

わずかに開いたドアの隙間から、おち×ぽいいっ、というよがり泣きが洩れている。

信じたくなかったが、凜警部の声だった。凜が誰かに……犯されている……そして、感じている……相手は誰だっ。

美桜は乳房を揺らし、ガードマンに迫っていく。

「おまえっ、川口様はどうしたんだ」

美桜は一気に迫ると、いきなり股間に膝蹴りを見舞った。完全に不意をつかれた男はもろにふぐりに膝を受け、ぐえっ、とうめいた。続けて膝を入れると、泡を吹いて崩れていく。

「あんっ、だめだめっ……ああ、イキそうっ」

凜の舌足らずな声が聞こえてくる。

美桜は、だめっ、と叫びつつ、ドアを開いた。

さっきまで美桜がいたＶＩＰルームと似たような空間に、等々力と凜がいた。ふたりとも全裸だった。等々力は後ろ手に縛られ、両足首も縛られて、床にころがされていて、凛は後ろ手に縛られた姿でM女学園理事長の中尾剛造と対面座位でつながっていた。たわわな乳房の上下にどす黒い縄が食い入っている。

「美桜、友理奈、どうしてここにっ」

凛とつながったまま、中尾が目を見張る。そのそばには、フロアで飲み物を運んでいたゴールドと深紅のビキニの女たちもいた。

4

「中尾剛造、売春防止法違反の容疑で逮捕しますっ」

美桜は叫んだ。

すると、中尾は一瞬目をまるくさせたが、次の瞬間、げらげらと笑いはじめた。

「逮捕しますっ」

美桜はもう一度告げる。だが今、裸同然の美桜は警察手帳も手錠も持っていない。

それは、等々力や凛も同じだった。

「川口様はどうしたんだ」

と問いつつ、中尾が美桜の股間を見て、

「破られて、中出しされたか」

と、満足そうにうなずいた。

「えっ、破れて、中出しっ」

中尾の突きにずっとよがり泣いていた凛が、我に返ったような顔になり、美桜を見つめた。

「河合班長っ、どうしてこんなことにっ」

「ああ、ごめんなさいっ。処女膜を守れなかったのねっ。あ、ああっ、いい、いいっ、おち×ぽ、いいっ」

中尾があらためて突きはじめると、凛はすぐによがり声をあげる。

「離れなさいっ。中尾剛造っ」

美桜は凛とつながっている中尾につかみかかろうとする。

その腕を背後からつかまれた。

「ＪＫ牝の分際でっ」

振り向くと、泡を吹いた男が鬼の形相で美桜をにらみつけつつ、両腕をぐぐっと背後にねじあげた。

「痛いっ、放してっ」

腕を折らんばかりの力に、美桜は圧倒される。

男は美桜の両手首をヒップの上で交差させると、上着のポケットから出した手錠をかけてきた。そしてすぐさま、足を払う。

あっ、と後ろ手に拘束された美桜は、バランスを崩して倒れた。

男はすぐに美桜の両足首にも手錠をかけてきた。人を拘束することに慣れた男のすばやい動きであった。

中尾が凜を押しやるようにして、ペニスをおんなの穴から抜いた。

「ケツを出せっ」

そう言うと、男が凜の裸体をかかえあげ、床にうつ伏せにさせる。そして、尻をあげろ、と尻たぼをぱんっと張る。

すると凜は反発するどころか、あんっ、と甘い声をあげて、中尾に向けてむちっと熟れた双臀をさしあげた。

中尾はすぐさまずぶりとバックから突き刺す。

「いいっ」

ひと突きで、凜が甲高い愉悦の声をあげる。

「河合班長っ、しっかりしてくださいっ」

美桜は叫ぶ。

「班長だとっ。この牝は、もしかして捜査一課の班長なのか」

中尾が目を見張りつつ、さらに深くバックから突き刺していく。

「ああっ、おち×ぽっ」

「あ、ああ、痒い、ああ、痒いっ」

凜のよがり声をかき消すように、等々力が叫ぶ。

「か、課長っ、どうなされたんですかっ」

「ああ、白石くんっ、かいてくれっ。ああ、ケツの穴と、ああ、ち×ぽの先が……ああ、痒くて変になりそうなんだっ」

「課長だとっ。まさか、この男も刑事なのかっ」

中尾が大声をあげる。

「私は競りの最中、ずっとステージの袖からフロアを見ていたんだ。もしかして、このふたりは警察の人間かもしれない、と勘が働いて、競りが終わってすぐに、サービスで出したアイスコーヒーにたっぷりと睡眠薬を入れておいたんだ。ＪＫ牝競りに興奮しきっているふたりは喉が渇いていたのか、ごくごくとうまそうに飲んでくれたよ。

すぐに、ふたりは眠ったから、裸に剥いて調べたんだが、なにも持っていなかった」

ぐいぐい凜を突きつつ、よがり泣かせながら、中尾が話しつづける。

「警察の人間じゃないのなら、そのまま帰してもよかったんだが、この女がいい女すぎてな。つい、ヤリたくなってな。ち×ぽを欲しがるゼリーをおま×こにたっぷりと塗ってやったんだ。女だけじゃ悪いから、男のほうにも塗ったんだよ。男にはサービスでケツの穴にも塗らせたんだ」

「ち×ぽを欲しがる……ゼリー」

「このＪＫ刑事さんにお見せして」

凜を突きつつ、中尾がビキニの女に命じる。はい、と返事をしたゴールドビキニの女がそばの丸テーブルに置かれた小瓶を手にすると蓋を開き、それを等々力の股間に傾けていく。

「やめろっ。もうかけるなっ」

芋虫状態の等々力は腰をくなくなさせるだけだ。ペニスは見事に勃起していた。最悪な状況なのに、凜が中尾にヤラれている姿を見て興奮しているのだろう。なんて男だ。最低な上司だとにらみつける。

その先端に、ねっとりとした粘液がかけられていく。それは紫色をしていて、見る

欲しそうに見つめている。

「ああ、欲しい……ゼリー、もっと欲しい」

一方、中尾に突かれている凜のほうは、等々力のペニスにかけられている粘液を物欲しそうに見つめている。

「まあ、見ているだけではわからないだろう。ＪＫ刑事さん、あんたも身体で知るといい」

中尾がそう言うと、深紅のビキニの女がもうひとつの小瓶を手に、美桜に近寄ってくる。

「友理奈、おまえは中出しされてはいないのか」

凜を突きつつ、中尾がずっと震えている友理奈に聞く。友理奈は両腕で乳房を抱きしめている。パイパンの割れ目は剝き出しのままだ。割れ目の横には鮮血がついていて、処女ではなくなっていることを伝えていた。

「されていません……」

「そうか。川口様はどうした」

「気を失っておられます……」

そう言って、友理奈は美桜を見る。

等々力同様、仰向けで両手両足を拘束されている美桜の股間を深紅のビキニ女が跨ぎ、しゃがんできた。割れ目に指を添えぐっと開くと、蓋を開いた小瓶を傾ける。

「ああ、美桜……ああ、私も欲しい」

あからさまにされた美桜の花びらに、紫色の粘液が垂らされていく。

「な、なに、これ……」

「すぐにわかるさ。友理奈、美桜のクリを舐めてやれ」

中尾が言う。

「ああ、締まるな……美桜があらわれてから、さらに締まりがよくなったな、河合班長」

「あ、ああっ、ああっ、凜ももっと欲しいっ、ああ、もっと泣きたいのっ」

「いろんな女とヤッてきたが、現役の警察官とヤッたのははじめてだ。しかも、俺を捕まえに来た刑事さんだ。ああ、たまらんな」

中尾はうなりつつ、凜を突きつづける。

「ああ、締まる。ああ、出そうだ」

「くださいっ。ああ、中尾様っ、凜にくださいっ」

「河合班長っ、なにを言っているのですかっ。中尾はＪＫ管理売春の首謀者ですよっ。

そんな悪党のザーメンを欲しがってはいけませんっ」

「あああ、感じるのっ。ああっ、悪党のおち×ぽ、感じるのっ」

凜だけが、両足が自由だ。凜だけが今、反撃できるチャンスがあるのだ。けれど、中尾のバック突きによがり泣きまくっている。こんな河合班長なんて見たくない。

一方、等々力は、かいてくれっ、と腰を女のようにくなくなさせつづけている。その目は、中尾に責められよがっている凜に釘づけだ。しかも、鈴口から我慢汁まで出しはじめた。

「課長っ、最低ですっ」

軽蔑の目を等々力に向ける美桜の股間に、友理奈が強張った美貌を寄せてきた。

「友理奈さん……」

「ごめんなさい……」

そう言うと、友理奈が美桜のクリトリスをぺろりと舐めてきた。いきなり快美な電流が突き抜けた。と同時に、中出しされたままの花びらがいっせいにざわつきはじめた。

「えっ、なにっ、なにこれっ」

「かいてくれっ。ち×ぽとケツの穴っ、ああ、かいてくれっ」

等々力は涙を流して訴えている。それでいて、中尾に突かれてよがっている凜の緊縛裸体から目を離さない。ずっと勃起させている。

友理奈がクリトリスをちゅうっと吸う。

「ああっ、だ、だめっ」

「ああ、出る、出るっ」

おうっと中尾が吠えて、美桜と等々力が見ている前で凜の中に放った。

「あっ、イク、イクイクっ」

凜がいまわの声をあげて、後ろ手縛りの裸体をがくがくと震わせる。演技ではなく、本当にイッているように見えた。逆に、これが演技なら恐ろしい。

「ああ、俺もイキたいっ。俺も出したいっ。ああ、頼むっ。おま×こで俺のち×ぽを包んでくれないかっ」

等々力はゴールドビキニの女に哀願の目を向ける。

「プライドはないのですかっ、課長っ」

そう叫ぶ美桜も、友理奈のクリ舐めで火照った身体をうねらせている。

「ああ、ああっ……ああ……」

ゼリーを垂らされた花びらが、かっかと燃えてはやくも変になりそうだ。

知らずしらず、等々力のペニスを熱い目で見つめてしまう。

等々力に垂らされた粘液と美桜の花びらに垂らされた粘液は効果が違うようだ。等々力の粘液は痒みをもたらし、美桜の粘液はおま×こを熱くさせる。それとも同じ粘液でも男女で効果が違うのか。

たっぷりと注いだ中尾が凜から抜いた。

すると、ゴールドビキニの女がザーメンまみれのペニスにしゃぶりついていった。

「あうっ、うう……」

さすがに、刑事とわかった凜にち×ぽを咥えさせる勇気はないようだ。嚙まれたらお終いである。

「凜のおま×こにもっと垂らせ」

中尾が深紅のビキニの女に向かってそう言う。はい、と返事をした深紅のビキニの女がうつ伏せのまま、ハアハアと荒い息を吐いている凜を仰向けにひっくり返した。

そして、割れ目を開く。すると、そこから大量のザーメンがあふれている。そこに紫色の粘液を垂らしていく。

「はあっ、ああ……」

凜は妖しく潤んだ瞳で、自分のおま×こに垂らされる粘液を見ている。

「おま×こ、おま×こをくれっ。ああ、俺も出したいっ」

すぐそばで、等々力が叫んでいる。

ぴくぴく動く等々力のペニスを、美桜は熱い目で見つめてしまう。川口のペニスで処女を失ったばかりだったが、無性に等々力のペニスが欲しくなっていた。

「ああ、課長、そのおち×ぽ……」

「白石くんっ、俺のち×ぽが欲しいのか」

「はあっ、ああ……欲しいです」

最低な刑事、最低な上司のち×ぽを、美桜は欲していた。

「こっちに来い。つながってこい」

「ああ、課長が来てください」

わかった、と等々力が両手両足を縛られている裸体を横向きにさせた。そして裸体をくの字に折り、伸ばすようにしながら動きはじめる。

そんななか、中尾のペニスがゴールドビキニの女にしゃぶられ、あらたな力を取り戻していた。

「ああ、もうこんなに……」

ゴールドビキニの女が感嘆の目を向ける。

「今夜は女の刑事とヤレるんだ。やっぱり、血が騒ぐな」

中尾がびんびんになったペニスを揺らし、美桜に近寄る。

5

「ああ、おち×ぽっ」

思わず、美桜は中尾のペニスに見惚れてしまう。

ああ……私は中尾を逮捕するために来たのだ……凜もそうだ。それなのに、不気味な粘液をおんなの穴に垂らされただけで、逮捕する男のペニスを欲しがってしまっている。

最悪だ。しっかりするのっ、美桜っ。

「俺が入れるっ。俺が白石のおま×こに入れるんだっ」

と叫びつつ、等々力が横向きのまま迫ってくる。だが這うような動きのため、とにかく遅い。等々力のペニスが着く前に、中尾が美桜の股間を跨いでいた。そして腰を落とすなり、ずぶりと垂直にペニスを入れてきた。

「ひいっ」

まだ処女を失ったばかりゆえに激痛が走り、美桜は叫んだ。

「おうっ、なんて締めつけだっ。ああ、たまらんっ、たまらんぞっ」

ＪＫ牝調教中、入れたくても入れずにずっと我慢していただけに、中尾の喜びは尋常ではなかった。

「ああ、たまらんっ、たまらんっ」

中尾は嬉々とした表情で、垂直に打ちおろしつづける。

「ひ、ひいっ、ひいっ」

激痛に美桜は叫びつづけるが、いきなり股間から目の眩むような快感が噴きあがった。

「いい、いいいっ、おち×ぽっ、理事長のおち×ぽ、いいですっ」

美桜は歓喜の声をあげ、自分のほうからも腰を上下させはじめた。

「ああっ、それっ、ああ、それっ、たまらんっ」

「入れさせろっ、ああ、白石は俺の部下なんだっ。白石のおま×こは俺のものなんだっ」

勝手なことを言いつつ、等々力がじわじわと迫ってくる。

すると、あらたに発情粘液をおま×こにたっぷり垂らされた凜が、

「ああ、おち×ぽ」

と言って立ちあがり、ふらふらと等々力に迫ると腰を跨いでいった。

そのまま、河合班長は股間をさげていく。

「ああっ、河合班長っ、なにしているのですかっ……あ、ああっ、いいっ、いいっ……」

それは、課長のおち×ぽですよっ……ああ、理事長のおち×ぽいいのっ」

中尾の垂直突きによがりつつ、美桜が叫ぶ。

「課長の……おち×ぽ……いいわ。大きなおち×ぽならいいわ」

そう言うなり、凛が鎌首に割れ目をこすりつけた。

河合班長が等々力課長とエッチっ。ありえないっ。絶対阻止っ。

「だめっ」

と叫び、凛はそろえて足首に手錠をはめられている両足をぐいっと引きあげた。上履きを履いた爪先で、垂直におろしている中尾の後頭部を突いた。

無防備すぎる急所を突かれ、中尾は、ぎゃあっ、と叫んだ。

その声に、凛が我に返った。

「河合くんっ」

等々力のほうから鎌首を突きあげようとしたが、

「なにするんですかっ」

凜は反射的に等々力の股間を蹴っていた。ぎゃあっ、と叫び、等々力が白目を剝く。中尾はつながったまま、美桜に覆いかぶさるように倒れてきた。美桜は中尾の尻を蹴りあげる。

ぐえっ、とうめいて中尾が前にずれて、ペニスが美桜の穴から抜けた。

「放せっ、JK牝っ」

美桜が中尾の後頭部に蹴りに入れたのを見て、ボディガードが飛びかかろうとしていた。それを友理奈が正面から抱きつき、必死に動きを止めていたのだ。

ボディガードの肘が友理奈のあごに炸裂した。ぐえっ、と抱きついたまま、友理奈が崩れていく。

「理事長っ、大丈夫ですかっ」

先に中尾の様子をうかがったのがまずかった。美桜の裸体に覆いかぶさった中尾の顔をのぞきこもうとする男に向かって、後ろ手縛りの凜が割れ目からザーメンを垂らしつつ、蹴りを入れた。

側頭部に爪先が入り、ぐえっ、と男が倒れていく。

凜はさらに男の後頭部に蹴りを入れようとしたが、男はぐるりと回転して凜から離れると起きあがった。

「俺も刑事とヤッたことはないんだ。３Ｐを楽しもうじゃないか」

にやりと笑い、男が凜に迫る。

凜は美桜の裸体に倒れたままの中尾を飛び越えるようにジャンプすると、そのまま蹴りを見舞っていった。

男はそれをかわすと、着地した凜の緊縛裸体に抱きついていく。太い両腕を背中にまわし、ぐいぐい絞めあげる。ベアハッグだ。

「う、ううっ……うう……」

凜がうめく。

男が背中から腕を放し、すぐさま首に太い腕を巻きつける。今度は首を絞めはじめる。

「うう、うう……うう……」

「いい顔だ。たまらんな」

男はにやにや笑いつつ、首を絞めつつ、凜にキスした。すると、凜のほうから舌をからめていく。

「う、うう、うう」

凜はうめきつつ、男と舌をぴちゃぴちゃをからめ合う。そして、舌を引く。

首絞めベロチューに異常な昂りを覚えた男は、そのまま舌を凜の口に入れる。

「うんっ、うっんっ……うんっ」

凜の口の中で舌をからめていると、いきなり凜が男の舌を嚙んだ。

「ぐうっ、ううっ……」

凜が唇を引くと、口から血を流しつつ、男が激痛にうめく。その股間に、凜が膝蹴りを見舞った。

「ぎゃあっ」

一発で背後に倒れていく。

ひいっ、とゴールドと深紅のビキニの女たちが叫ぶ。

「あなた、私の縄を解いて。あなたはその子の手錠をはずしなさいっ」

凜がゴールドと深紅のビキニの女たちに命じる。

「私たちは……理事長様に雇われているんです」

ふたりが言う。

「わかっているわっ。あなたたちも股間に蹴りをくらいたいのっ」

そう言うなり、凜が後ろ手縛りのままゴールドと深紅のビキニの女たちに迫る。そしてその場でジャンプするなり、ゴールドビキニの胸もとに蹴りを入れていった。

「うぐっ……」

息がつまり、ゴールドビキニの女が前かがみになる。その股間に膝蹴りを入れようとしたが、

「待ってっ」

ゴールドビキニが叫んだ。

「縄を解きます」

と言うなり、凜の背後にまわり、結び目を解きはじめる。

「あなた、その子を自由にしてっ」

凜が深紅ビキニに命じ、はいっ、と女が失神した男のスラックスのポケットを探りはじめる。すぐに鍵が見つかり、それで美桜の両手両足から手錠をはずしていく。

「ああ、おま×こ、ああ、おま×こで俺のち×ぽを包んでくれっ。ああ、河合班長っ、ああ、白石巡査っ」

痒み地獄のつづいている等々力が、ふたりの女刑事に向かってそう言う。

自由になった凜が等々力に迫る。

「ああ、河合班長っ」

凜は裸のまま、等々力の顔面を跨ぐ。

「ああ、ああ……たまらんっ、ああ、たまらんっ」

ずっと勃起させたままのペニスをひくひくさせて、大量の我慢汁を流す。

「そのおま×こを、ああ、俺のち×ぽにっ。頼むっ、河合班長っ」

等々力の頭には、凜のおま×こしかない。

「最低ね」

凜が言う。

「はい、最低です。このまましばらく放っておきましょう」

「もっと、かけてあげようかな」

そう言って、凜が小悪魔のような表情を見せる。

ああ、凜さん……。

今日は、凜のいろんな顔が見られる。

凜が小瓶を手にして、等々力のペニスに向かって傾ける。すると、紫の粘液がどろりと垂れていく。

「あっ、もう、粘液はいいっ。おま×こを、ああ、おま×こをくれないかっ、河合くんっ、白石くんっ」

等々力は芋虫状態の身体をくねらせつづけている。

「理事長にもかけてあげたいな」

肘打ちで崩れていた友理奈がそう言い、立ちあがった。

「そうね。いい考えだわ」

美桜の蹴りでうつ伏せで失神したままの中尾を、ふたりがかりで仰向けにさせる。

中尾のペニスは勃起したままだ。

「ずっと勃ってるね」

友理奈が言う。

そうだね、と言って、凜から受け取った小瓶を、中尾のペニスに垂らしていく。そして美桜の足と手を拘束していた手錠で、中尾も芋虫状態にした。

泡を吹いて失神しているボディガードのスラックスを、ブリーフといっしょにさげる。こちらは縮んでいた。この状況下で勃起していないのは普通だが、とても小さく感じた。

「たいしたおち×ぽじゃないわね」

美桜は縮みち×ぽを指ではじく。すると、ううっ、とうめいて男が目を開いた。

「お、おまえっ」

起きあがろうとした男の股間を、えいっ、と友理奈が蹴りあげた。ぎゃあっ、と叫び白目を剝く。

「やるじゃない、友理奈さん」

「ああ、すっきりしたわ」

ゴールドビキニの女にあらたな手錠を持ってこさせ、それをボディガードの両手両足にはめた。これで、等々力、中尾、ボディガードの三人とも、芋虫状態ペニスまる出しとなった。ボディガードだけ勃起させていない。

「ああ、痒いっ。ああ、痒いっ。かいてくれっ、白石くんっ。頼むっ」

「中尾を売春防止法違反の容疑で逮捕しました」

凜をまねて、等々力課長の顔面をすらりと伸びた足で跨ぎながら、美桜は報告した。

「ああ、白石くん……ああ、割れ目にザーメンが残っているな」

「身体を張って検挙しました」

「ご苦労。私の手錠をはやくはずしてくれないか。どうして俺も逮捕された状態のままなんだ」

「もうしばらくこのままでいてください」

そう言いながら、美桜は膝を曲げていく。割れ目が開き、中尾に中出しされたザーメンの残りが押し出される。それが等々力の顔に向かって垂れ落ちていく。

「やめろっ」

美桜はそのまま股間をさげていく。

「課長、部下の処女膜を守れなかったことを、その舌で詫びてください」

そう言って、開いた花びらを等々力の顔面に押しつけた。

「う、ううっ、ううっ」

「舐めて、課長」

うんうんうなりつつ、等々力が舌を入れてくる。中尾のザーメンまじりの愛液を舐めはじめる。

「ああっ、課長っ」

上司に花びらを舐められる快感は、想像以上だった。

美桜は花びらをこすりつけつつ、裸体の向きを変えていく。

「う、ううっ、ううっ」

等々力がうめき、芋虫裸体をうねらせる。

後ろ向きになると、美桜はペニスに手を伸ばした。我慢汁だらけの先端をそろりと撫でてやる。

「ううっ」

股間から課長の歓喜の叫びが聞こえた。

美桜はそろりそろりと撫でて、課長を喜ばせてやると手を引いた。

横を見ると、友理奈がボディガードのペニスに紫色の粘液を垂らしている。

中尾が痒みで目を覚ました。

「あっ、こ、これはいったい……どうなっているんだ」

「逮捕しました、理事長」

花びらをぐりぐりと上司の顔面にこすりつけつつ、美桜はそう言った。

「本当に刑事なのか……」

「本当です。このち×ぽは上司です」

そう言って、そろりと等々力の鎌首を撫で、すぐに手を引く。

「うう、ううっ」

股間から等々力の、もっとしてくれ、という叫びがあがる。

「ああ、撫でてくれ。いや、おま×こで包んでくれ。おいっ、おまえっ、跨ってこいっ」

中尾がそばに立つ深紅のビキニの女に命じる。

深紅のビキニの女がボトムを脱ぎはじめた。それを見て、友理奈が理事長の前に立つ。

「友理奈っ、おまえでもいいっ。おま×こでち×ぽを包んでくれっ」

はい、と返事をするなり、無防備なふぐりを蹴りあげた。

「ぎゃあっ」

と叫び、中尾が白目を剝いた。

「ああ、すっきりした」

またも、満面に笑みを浮かべる。

「お尻にも入れてあげましょう」

と言って、友理奈が失神した中尾をひっくり返し、紫色した不気味な粘液を塗《まぶ》した指を、ためらうことなく肛門に入れていった。

「うぐっ」

肛門をまさぐられ、中尾が目を覚ます。

「あっ、友理奈っ、ケツじゃないっ。ち×ぽだっ。ち×ぽを頼むっ」

「お尻でも感じてください、理事長」

と言って、さらにたっぷりと肛門に粘液を塗していく。それを見ながら、美桜は等々力の顔面から股間をあげた。

「白石くんっ、手錠をはずしてくれないかっ。俺は逮捕する側だぞっ」

「そうでしたっけ」

「俺は零課の課長だぞっ」

「零課なんて知りません。ねえ、河合班長」

美桜は凜を見やる。

「そうね。知らないわ。じゃあ、応援を呼ぼうかしらね。携帯電話はどこかしら」

凜と美桜は携帯電話を探す。

「はずしてくれっ。こんなかっこう、応援に見られたら、俺はどうなるんだっ」

等々力は我慢汁をさらに出しつつ、涙ぐんでいた。

女子校生刑事潜入《じょしこうせいけいじせんにゅう》！　学園《がくえん》の秘密調教部屋《ひみつちょうきょうべや》

著者◉美里ユウキ【みさと・ゆうき】

発行◉マドンナ社
発売◉二見書房　東京都千代田区神田三崎町二‐一八‐一一
電話　〇三‐三五一五‐二三一一（代表）
郵便振替　〇〇一七〇‐四‐二六三九

印刷◉株式会社堀内印刷所　製本◉株式会社村上製本所　落丁・乱丁本はお取替えいたします。定価は、カバーに表示してあります。

ISBN978-4-576-20070-5 ◉Printed in Japan ◉©Y.Misato 2020